mita

우리, "공감"으로 함께
브랜딩해 보아요,

공감도 브랜딩이 필요하니까♡

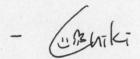
- 요hiki

공감도 브랜딩이 되나요?

브랜딩의 진짜 비밀, 공감 글쓰기

CHIKI (치키)

공감과 감성으로

글쓰기를 브랜딩하는 스무가지 키워드

FOREST
WHALE

차 례

2부 공감 글쓰기, 어떻게 해야 할까요?
(공감 글쓰기를 위한 20가지 키워드)

추천사

"공감도 브랜딩이 되나요?"

꽤나 신선하게 다가오는 이 책의 제목을 읽고 '참 치키스럽다.' 라는 생각이 들었습니다.

그 치키스러움이 저에게는 치키 작가에 대한 브랜드 이미지겠죠. 그렇게 독자들보다 먼저 접한 이 책의 제목과 목차를 지나 페이지를 넘기며 글의 흐름을 따라가다 보니 문득 예전에 만났던 마케팅 전문 업체 대표가 했던 이야기가 생각났습니다.

"대표님, 가장 좋은 브랜드 마케팅이 뭔지 아십니까?"

"네? 좀...자연스럽게 이미지로 녹아드는 그런 거?"

"네 맞습니다. 잘 아시네요. 좀 더 말하자면 진심을 담은 마케팅이죠, 상대방과 내가

함께 공감할 수 있는 그런 따뜻함을 담은 마케팅."

"네~ 그러고 보니 예전에 기업들이 했던 강렬하고 도전적인 마케팅보다는 요즘 부드러운 마케팅이 대세인 것 같네요."

"네, 강렬하고 도전적인 브랜드 이미지도 나쁜 건 아니지만, 좀 더 사람들에게 오래 여운을 남기는 브랜드라는 건 가족이나 친구 같은 자연스러운 브랜드 이미지에요. 그게 요즘 브랜드 마케팅의 Key라고 할 수 있죠."

마케팅 업체 대표와 나누었던 그 대화가 이 책을 읽으며 오버랩 되는 것을 느꼈습니다. 글쓰기에도 그렇게 부드러운 브랜딩이, 그리고 공감이라는 브랜딩의 기술이 필요하다는 생각

이 들었습니다. 공감이라는 것은 결국 타인의 이야기를 진심으로 듣는 것에서 시작됩니다. 그리고 브랜딩은 그렇게 시작된 공감을 바탕으로, 나의 진심과 뜻을 이미지로 타인에게 전달하는 작업이라는 것을 다시 깨닫습니다.

저자인 치키 작가는 제게 낯설지 않은 이름입니다. 함께 미술 전시를 기획하거나 같이 한 공간에서 작품들을 전시하며, 그녀가 만들어내는 '치유'와 '휴식'같은 단어로 따뜻한 키워드를 담은 글과 작품들을 가까이서 지켜 봐 왔습니다.

이번 책은 앞선 치키 작가의 에세이 글들과는 달리 글쓰기의 기술에 대한 내용을 독자들에게 전달하는 책이지만, "공감도 브랜딩이 되나요?"라는 책 제목처럼 치키 작가다운 그런 감성적이고 섬세한 그녀만의 따뜻한 언어와 감각이 살아 숨 쉬고 있었습니다.

이 책은 공감 글쓰기의 시작점부터 공감이 어떻게 브랜딩이 될 수 있는지, 일기와 에세이는 어떤 차이가 있는지 섬세하고 친절하게 안내하고 있습니다. 일상, 감정, 대화, 사랑, 삶의 의미, 관계, 거리, 존중, 경청, 재미, 배려, 치유, 신뢰, 시간, 꿈과 같은 다양한 키워드가 촘촘히 엮여 독자의 마음을 두드리고, 결국 독자 스스로 공감을 이끌어낼 수 있도록 세심하고 부드러운 글쓰기의 방법을 안내합니다. 이런 친절한 공감 글쓰기의 기술은 비록 제가 글을 쓰는 사람은 아니지만 미술작가이자 문화 기획자로서도 제가 늘 고민했던 부분이었습니다. 관객, 혹은 독자와의 공감의 깊이가 작품의 가치로 전환되는 순간을 무수히 목격했기에, 이 책에서 제시하는 공감 브랜딩이라는 개념이 저에게는 너무나도 깊게 와 닿았습니다. 결국 사람들의 마음을 사로잡는 작품은 언제나 공감의 힘에서 비롯되며, 그것이 곧 예술에서도 부드럽고도 강렬한 브랜드로 자리 잡게 된다는 것입니다.

공감이라는 타인과 나 사이의 보이지 않는 연결 고리를 눈에 보이는 브랜드로 만들어가는 이 책의 글쓰기 기술에 대한 문장들은 작가가 단지 글쓰기를 넘어서 우리의 삶과 소통, 그리고 예술의 영역을 연결하는 의미 있는 다리를 놓아줍니다. 그래서 저는 글을 쓰기 위해 이 책을 접하는 예비 문학가들이나 작가 지망생들 뿐 아니라 글을 통해 타인의 마음을 움직이고, 더 깊고 진한 공명을 일으키고자 하는 모든 창작자와 기획자들에게 이 책을 강력히 추천합니다. 이 책을 읽으며 여러분도 공감이라는 가장 아름다운 브랜드를 만들 수 있기를 바라며 그렇게 만들어 가는 자기만의 브랜드를 글과 삶 속에 깊이 새겨 넣게 되기를 진심으로 바랍니다.

-김해 도슨트갤러리 대표 / 아트다비 대표 / 작가 '이상형'

공감은 우리가 세상을 바라보는 방식이며, 타인과 연결되는 중요한 힘입니다. 글쓰기도 마찬가지입니다. 단순히 멋진 문장을 만들어 내는 것이 아니라, 독자와 진정으로 소통하고 마음을 나누는 것 이야말로 좋은 글쓰기의 핵심이 아닐까요?

바로 그런 의미에서 <공감도 브랜딩이 되나요?>는 단순한 글쓰기 기술을 넘어, 글을 통해 사람들과 연결되고 자신만의 브랜드를 구축하는 방법을 알려주는 매우 유용한 책입니다. 이 책은 '공감 글쓰기'라는 주제를 통해 독자가 자신만의 이야기를 어떻게 의미 있게 풀어낼 수 있는지를 친절하게 안내합니다. 단순히 작가가 되기 위한 글쓰기가 아닌 자신의 생각과 경험을 정리하고, 그것을 통해 타인과 연결되며 나아가 자신만의 브랜드를 만들어 가는 방법을 탐구하는 데 초점을 맞추고 있습니다.

우리는 글을 쓸 때마다 '내 글을 사람들이 좋아할까?', '어떻게 하면 더 진정성 있게 전달할 수 있을까?'라는 고민을 하게 됩니다. 하지만 이 책은 그런 고민을 가진 사람들에게 따뜻한 조언을 건넵니다. 글쓰기는 특별한 재능을 가진 사람들만 할 수 있는 것이 아니라 누구나 할 수 있으며, 나만의 이야기를 진솔하게 풀어내는 것이 가장 중요하다는 점을 강조합니다. 이렇게 탄생한 글이 어떻게 사람들의 공감을 얻고 개인 브랜딩으로 이어질 수 있는지에 대한 구체적인 방법을 제시합니다.

저 역시 글을 쓰면서 사람들과 소통하는 힘을 배웠고, 그 과정에서 공감의 중요성을 절감했습니다. 그래서 이 책이 더욱 반갑습니다. 공감은 단순한 감정이 아니라 타인의 마음을 이해하고 그것을 표현하는 능력입니다.

치키 작가는 바로 그 점을 깊이 이해하고 공감의 힘을 글쓰기로 연결하는 방법을 독자들에게 알려줍니다. 이 책을 통해 글을 쓰는 것이 단순한 개인의 표현을 넘어 타인과의 연결이 될 수 있음을 깨닫게 될 것입니다. 이 책은 공감을 글로 풀어내는 데 탁월한 접근 방식을 보여줍니다.

치키 작가의 <어른이도 온기가 필요해>에서 느낀 따뜻한 온기가 이번 책에서도 고스란히 전해집니다. 저자의 글에는 독자의 마음을 이해하려는 진심이 담겨 있으며 그 덕분에 글을 읽다 보면 자연스럽게 위로 받고, 나도 글을 써보고 싶다는 용기를 얻게 됩니다.

어렵고 딱딱한 글쓰기 이론이 아니라 누구나 쉽게 이해하고 따라 할 수 있는 방식으로 독자를 이끌어 주는 것도 이 책의 큰 장점입니다. 특히 글을 쓰면서 겪게 되는 막막함과 두려움을 줄여주고, 한 발 한 발 나아갈 수 있도록 따뜻한 응원을 건넵니다.

<공감도 브랜딩이 되나요?>는 '글을 쓰고 싶지만, 어디서부터 시작해야 할지 모르겠다'고 느끼는 분들에게 매우 유용한 가이드가 될 것입니다. 단순히 글을 쓰는 것을 넘어 나만의 목소리로 진정성 있는 브랜드를 만들고 싶은 분들에게도 큰 도

움이 될 것입니다.

공감은 세상을 이해하는 힘이며, 이 책은 그런 공감의 힘을 글쓰기에 적용하는 방법을 구체적으로 제시합니다. 책을 읽다 보면, '아! 나도 이런 방식으로 글을 써볼 수 있겠구나!'라는 깨달음이 자연스럽게 찾아올 것입니다. 그리고 글쓰기가 단순한 기록을 넘어 나를 표현하고 사람들과 소통하는 강력한 도구가 될 수 있다는 점을 몸소 느끼게 될 것입니다.

치키 작가가 전하는 따뜻한 공감의 메시지와 실용적인 글쓰기 팁이 많은 독자들에게 유용하게 다가가길 바라며 이 책이 많은 사람들에게 사랑받기를 응원합니다.

-자람심리상담연구소 대표/
<나는 지금 화해하는 중입니다> 저자 '임만옥'

치키 작가는 따스한 온기로 글을 쓰고 그림을 그리며, 사람이 삶이고 청춘이라는 마음을 자신의 작품에 표현하는 작가이며 다양한 방면의 아티스트입니다. 첫 데뷔작은 포레스트 웨일 출판사에서 출간한 <어른이도 온기가 필요해> 에세이가 베스트셀러가 되었고 저 또한 한 명의 어른이고 어른아이로서 굉장히 공감되고 위로를 받은 책이었습니다.

또한, 치키 작가는 저와 아동후원으로 인연을 맺게 되었는데 '스마트투데이' 신문 기사인터뷰에서도 "저의 그림, 그리고 말 한마디, 행동 하나하나로 아이들에게 따스한 온기가 전해지면 좋겠다"고 말하며 작품활동 외에도 여러 기관을 통해 아동후원을 정기적으로 꾸준하게 하고 있고 '사랑밭'에서 진행하는 '1000명 아이들 결연챌린지'도 함께 적극적으로 후원해주실 만큼 따스한 마음을 지닌 '온기' 그 자체입니다.

이번에 신간이며 첫 글쓰기 실용서, 자기계발서로 출간하게 되는 이 도서 '공감도 브랜딩이 되나요' 소식을 듣고 작가님께 진심으로 응원하는 마음을 보이고 싶어 이렇게 추천사라는 이름으로 제 생각을 적게 되었습니다. 아이들을 위하는 마음은 '공감'이 기본 베이스로 자리잡습니다. 공감이란, 나와 타인이 서로가 같은 마음을 느끼고, 스며드는 부분이라는 점에서 후원자도, 후원을 받는 아이들도 서로가 서로에게 사랑, 그리고 희망으로 '공감'을 느끼며 후원가족이라는 울타리를 견고히 만들어 건강한 존재로 성장한다고 생각합니다.

치키 작가는 제가 아는 누구보다도 '공감'을 제대로 느끼는 배려 깊은 마음을 지닌 사람이고, 작가입니다. 그렇기에 누군가에게 자신이 아는 부분을 최대한 알려주고 도움을 주고자 이렇게 글쓰기에 대한 공감 브랜딩이라는 책도 만들 수 있다고 생각합니다.

공감에 대한 다양한 말들을 들어왔지만 '공감 브랜딩'이라는 말은 저는 이번에 처음 접했고 늘 그렇듯 치키 작가는 자신만의 언어를 만들어 내고 실현시키는 작가입니다.

그 마음이, 배려가 공감이라는 이름으로 이 책을 읽는 독자분들에게도 닿기를 바랍니다.

치키 작가님의 앞으로의 모든 발걸음을, 나아감을 진심으로 응원합니다.

-'함께하는 사랑밭'
1000명의 아이들 결연챌린지 홍보이사 최완우

'아이들과 꿈'은 세상의 모든 아이들이 그 어떤 차별도 받지 않고 아름답게 꿈꾸길 바라는 마음으로 세워진 비영리 단체입니다.

치키님과는 'K-노트 만들기 캠페인' 과정에서 만나게 되었습니다. 저희 단체에서 정기후원도 하고 계시고요. 함께 활동하며 이웃을 향한 치키님의 진심 어린 마음에 감명을 받았습니다. 따뜻한 시선으로 다른 이들의 아픔을 안아주고 위로해 주는 모습에 저 역시 많은 위로를 얻었습니다.

치키님의 따뜻함은 이전 책인 '어른이도 온기가 필요해'에도 잘 드러나 있었지요.

이번 책 '공감' 역시 상처와 아픔으로 뒤덮인 지금 시대에 꼭 필요한 작품이라고 생각합니다. 여러 활동과 글을 통해 위로와 힘을 주었던 치키님께서 이번 책을 통해 더 큰 희망을 많은 이들에게 전달하리라 감히 상상해 봅니다.

자신만 챙기기도 버거운 요즘, 이웃을 돌아보며 선함을 나누는 치키님께 감사한 마음과 더불어 많은 분들이 이 책에서 응원을 얻기를 바랍니다.

-사단법인 '아이들의 꿈' 김석환 이사장

<치키차카>

아이같이 해맑은 마음
그리도 다정했다.
명랑소녀 좌충우돌
마냥 어디로 튈지 모르는 매력에
눈길이 멈추지 않네.

인생의 사춘기를 즐기는
치키의 온기를 열었다 닫았다
밝은향기 화사하네.

-도슨트갤러리 운영진/ 화가 '하온'

"글을 쓰고 싶다. 작가가 되고 싶다." 많은 이들이 꿈꾸지만, 막상 펜을 들면 길을 잃는다. 치키 작가는 《공감도 브랜딩이 되나요?》에서 글쓰기에 대한 막막함을 따뜻하게 비춘다. 단순한 기술이 아닌, 공감 글쓰기의 본질을 탐구하며 독자가 스스로의 가능성을 발견하도록 돕는다. 좋은 글이란 단순히 유려한 문장이 아니다. 독자의 마음을 울리고, 오래도록 여운을 남기는 글. 그런 글이 비로소 살아남는다. 바닷가의 모래가 파도를 견디고 반짝이는 조개껍질이 되듯, 글쓰기는 스스로를 찾아가는 여정이다. 이 책은 그 길을 함께 걸어줄 든든한 동반자가 되어 줄 것이다.

- 작가 M. JUN

치키 작가님의 <공감도 브랜딩이 되나요?> 책 출간을 진심으로 축하드립니다!

언제나 밝고 명랑한 에너지로 주변을 환하게 만들면서도, 그 속에 사람을 향한 따뜻한 시선을 잃지 않는 분. 가볍지 않게, 그렇다고 무겁지도 않게 자기만의 리듬과 색깔로 세상과 관계를 맺는 치키 작가님을 지켜본 사람으로서 이 기쁜 소식을 함께 나눌 수 있어 참 감사합니다. 치키 작가님은 단지 글을 쓰는 사람이 아니라 자기만의 방식으로 삶을 표현하고, 그 표현을 통해 사람들의 마음에 스며드는 분이라고 생각합니다.

어떤 자리에서도 자기답게 따뜻하게, 유쾌하게 그 모습 그대로 책에 담아 세상에 내보냈다는 사실이 참 멋지고 감동적입니다. 이 출간이 하나의 결과이자 또 다른 시작이라는 것을 알기에 앞으로 펼쳐질 이야기들도 무척 기대됩니다.

늘 응원하고 있어요. 진심으로 축하드립니다!

- 주식회사 '비케이즘' 대표이사 김병규

공감은 단순한 감정 전달을 넘어 강력한 브랜딩 도구가 될 수 있습니다. 치키 작가님의 독특한 공감 글쓰기 방식은 독자님들의 마음을 깊이 울리는 매력적인 접근법을 안내드릴 것입니다. 치키 작가님의 글쓰기는 단순히 정보를 전달하는 것이 아닌, 독자와 진심으로 소통하고 공감의 힘을 통해 브랜드와 독자 사이의 감정적 연결을 만들어냅니다.

아울러 책에 담겨있는 철학은 진정성 있는 스토리텔링을 통해 브랜드의 본질을 더욱 매력적으로 전달할 수 있음을 보여드릴 것입니다. 피어나는 치키 작가님의 활기찬 마음처럼 감사한 독자님들께 글쓰기에 대한 정보를 조금이나마 잘 담아가시길 바라며 함께 책의 출간을 축하드립니다.

- <삼십육점 오도> 송해성 작가

공감도 블렌딩이 되나요?

제목만 봐도 저자가 '치키' 작가님인가? 하는 생각이 들었다. 이유는 치키 작가님의 관한 나의 이미지 때문이다. 작가와 출판사에서 운영하는 꼬꼬무 북토크 진행으로 알게 된 그녀는 참여 작가, 각 이야기에 맞는 공감을 해준다. 더하지도 덜하지도 하는 그녀의 공감은 말하는 재미와 함께 듣는 재미를 준다. 그녀는 공감 그 자체였다. 그런 그녀가 이 책을 썼다는 것만으로도 이 책을 읽을 값어치가 있다. 그녀의 첫 책인 [어른도 온기가 필요해]라는 에세이는 글과 함께 직접 그린 그림들이 삽화 되어 있다. 글만으로도 충분히 공감은 물론 위로되는 힘이 있지만, 그림과 사진이 첨부되면서 그 감동은 배가 된다. 그녀의 첫 책이 대박이 난 것은 어느 날 찾아온 우연이 아닌 그녀가 사람들 앞에 다가가려는 끊임없는 노력 때문이다.

그녀의 인스타 첫 글부터 정독한 적이 있다. 초반부터 그녀의 글이 인기를 끌었던 것은 아니다. 그러나 그녀의 솔직함이 빛을 발하는 순간 조회수는 물론 '좋아요' 수가 급격하게 올라간다. 공감을 주는 요소가 솔직함과 다정하게 건네는 문구였다. 누구나 듣고 싶어 하는 말을 쓴 것은 절대 아니다. 오히려 그녀가 하고 싶은 말을 썼다. 그런데도 독자의 마음을 움직이게 만든다는 건 그녀가 글로써 마음을 전달하는 탁월한 힘이 있다는 것을 알려준다. 그런데 그런 그녀가 [공감 블렌딩]이라는 또 새로운 치키 언어를 만듦으로써 이 책을 출간했다는 건 자신의 비밀을 공개한다는 말이 된다.

　글 쓰는 작가가 자기만의 노하우를 공개한다는 것은 쉬운 것이 아님에도 그녀는 자신의 책 [어른이도 온기가 필요해]을 통해 얻은 독자의 공감을 산 부분을 집어주며, 그 글을 쓴 배경과 함께 어떤 식으로 어떤 마음으로 쓴지 알려준다는 것은 독자에게 큰 행운인 셈이다. 추천사를 핑계로 그녀의 책을 먼저 읽게 된 나 역시 행운이었다. '치키' 작가님의 비밀스러운 일기장과 같은 이 책을 통해 누구에게나 공감받을 수 있는 글 한 줄 써 보는 것은 어떨까? 절대 쉬운 것은 아니다. 그러나 절대 하지 못할 일도 아니다. 이 책이 그렇게 말하고 있다. 글쓰기에 막연한 두려움은 책의 마지막 페이지를 읽는 순간 독자가 작가가 되는 마법을 부려줄지도 모르겠다.

- 아루하 작가

공감 브랜딩은 공감 글쓰기부터 시작된다

"작가로서 책을 내고 싶은데 어떻게 글을 써야 사람들이 좋아할지 모르겠어."

공감이란, 타인의 상황과 기분을 나도 함께 느낄 수 있는 감정이라고 합니다. 우리는 살아가면서 내가 생각하는 것보다 매 순간 타인의 감정에 공감할 때가 많습니다.

저는 살면서 "너는 굉장히 공감을 잘 해줘서 좋아." 라는 말을 일상적으로 들어왔고 제가 낸 첫 에세이 <어른이도 온기가 필요해> 또한 서툴지만 온기를 전하고자 쓰게 되었는데 공감이 많이 된다는 감사한 평을 많이 들었습니다. 그래서 생각해 보았습니다. 내가 딱히 목표 의식을 가지고 하려던 게 아닌데 왜 나는 공감을 잘한다는 이야기를 듣는 걸까? 하고요.

누구나 모두가 같은 감정을 느낄 수는 없기에 그 감정을 글로 써서 표현하는 것은 생각보다 쉽지 않은 일이기도 합니다. 그래서 이 책을 쓰게 되었습니다. 내가 잘 알고 있는 부분을 나만의 방식으로 글로 써서 독자들에게 공감의 힘을 통해 글쓰기를 브랜드화하는 방법을 알려주기 위해서입니다. 이를 통해 제가 직접 겪었던 경험과 생각, 그리고 단순한 글쓰기가 아닌, '공감'할 수 있는 글쓰기를 함으로써 나만의 '공감'을 책을 통해 이 책을 펼친 독자분들과 함께 브랜딩 해 보고자 합니다.

크게 세 가지로 나누어 본다면, '공감'이라는 이름으로 글쓰기와 브랜딩의 연결에 대해 먼저 시작합니다. 글쓰기가 어떻게 개인의 브랜드를 구축하는 강력한 도구가 될 수 있는지 설명하고, 이를 통해 독자들에게 글쓰기의 새로운 가치와 가능성을 제시하고자 합니다.

두 번째는 제가 직접 공감하는 부분들에 대한 20가지 키워드를 중심으로 구체적인 글쓰기 방법을 안내함으로써 독자들이 쉽게 따라 할 수 있는 실용적인 가이드를 제공하고자 합니다. 그리고 마지막으로 '공감'으로 개인 브랜딩 전략 제시 공감 능력과 부족하나 저만의 글쓰기 스킬을 결합하여 독특하고 매력적인 개인 브랜드를 구축하는 방법을 제시하고자 합니다.

이 책을 읽어 주시는 분들에게 조금이나마
공감이 되고 "나도 할 수 있을 것 같다"라는
마음이 들길 바라며 책을 시작합니다.

1부.

공감 브랜딩의 시작
공감 글쓰기

글쓰기 시작은
어떻게 하는가?

1. 공감 글쓰기의 첫걸음

"왜 나는 글쓰기를 시작하는 걸 주저하게 되는 걸까?"

글쓰기란 단순히 문장을 나열하는 것이 아니라 마음을 열고 세상과 소통하는 것이다. 그렇기에 처음 시작할 때는 누구나 두려움을 느낄 수밖에 없다. 완벽한 글을 써야 한다는 압박감, 내 생각이 제대로 전달될지에 대한 불안감, 그리고 어떤 주제를 선택해야 할지에 대한 고민... 이런 부분이 펜을 쥐고 있는 손을 무겁게 만드는 요소다.

하지만 글쓰기의 진정한 매력은 바로 이 두려움을 극복하는 과정에 있다. 한 번 글을 써 내려가기 시작하면, 그 두려움은 마치 안개처럼 서서히 걷히며 나만의 이야기가 펼쳐지기 시작한다.

"좋은 아침이에요" 라는 간단한 인사로 하루를 시작하듯, 첫 문장을 적는 것으로 글쓰기가 시작된다.

글을 쓰기 위한 환경이나 조건에 대해 고민하는 일들도 많다. 하지만 중요한 것은 외부 환경이 아니라 내 마음가짐이다. 어떤 소음 속에서도 집중할 수 있는 능력, 그리고 내 마음속에서 글과 세계를 상상하며 써 내려가는 능력이 제일 중요하다.

글쓰기는 단순히 나 혼자만의 끄적임이 아니다. 누군가가 내 글을 읽으며 공감할 수 있어야 한다. 그래서 나는 자주 고민한다.

뇌과학을 공부하면서 알게 된 사실이 있다. 우리의 뇌는 생각과 말에 의해 지배된다고 한다. 그렇다면 글쓰기에 대한 태도 역시 우리의 뇌에 영향을 미칠 텐데, 만약 우리가 글쓰기를 '일'이 아닌 '즐거움'으로 인식한다면 우리의 뇌는 글쓰기에 대해 더욱 긍정적으로 반응할 것이다.

단 한 문장이라도 좋다. 매일 조금씩이라도 글을 쓰면서 그 한 문장이 모여 언젠가는 나만의 '글'이 될 것이라 믿는다. 글쓰기는 결국 나와의 약속이자 누군가와의 소통이다.

매일 아침 누군가에게 건네는 인사처럼, 나는 오늘도 글을 통해 '공감'으로 인사를 시작한다.

2. 아이디어 보물찾기

머릿속에 수많은 생각들이 흘러가지만, 그것들을 붙잡아 글로 옮기는 일은 여전히 쉽지 않다. 이런 과정이야말로 글쓰기의 묘미가 아닐까? 아이디어를 발굴하고 정리하는 과정은 내게는 보물찾기나 다름없다. 나의 일상 속에 숨겨진 보물들을 찾아 글이라는 상자에 담아내는 것, 그것이 글쓰기의 시작이다.

"그렇다면 우리는 어디에서 글감을 찾아야 할까?"

나는 세 가지 방법을 발견했다.

첫째로, 경험은 모든 면에서 가장 소중한 글감이다. 매일 같은 일상이라고 생각할지 모르지만, 사실 우리의 하루하루는 모두 다르다. 큰 사건이나 특별한 경험만이 글감이 되는 것은 아니다. 오히려 소소한 일상의 순간들이 모여 더 풍부하고 진솔한 글을 만들어낼 수 있다.

둘째, 독서는 간접경험의 보고(寶庫)다. 책을 읽는다는 것은 그 책의 '세상' 속으로 들어가는 것이다. 여행기를 읽으며 그곳에 가본 듯한 기분을 느끼고, 소설 속 주인공의 감정에 공감하며 잠시나마 그의 삶을 살아보는 경험을 한다. 이를 통해 우리는 세상을 바라보는 새로운 시각을 얻고, 글의 깊이를 더할 수 있게 된다.

셋째, 관찰은 우리를 둘러싼 세상을 더 깊이 이해하게 해준다. 나는 길을 걸으며 사람들의 행동을 유심히 살펴보거나, 카페에서 타인의 대화에 귀 기울이는 것 등을 하나의 관찰로 쓰고는 한다. 이러한 관찰을 통해 우리는 다양한 삶의 모습을 글 속에 담아낼 수 있다.

하지만 이렇게 찾아낸 아이디어들을 그저 머릿속에 담아두는 것으로는 부족하다. 나는 항상 작은 수첩과 펜을 가지고 다닌다. 스마트폰이 있지만, 나는 여전히 손으로 직접 메모하는 것을 선호한다. 펜 끝에서 흘러나오는 글자들이 나의 생각을 더욱 선명하게 만들어주는 것 같기 때문이다. 이렇게 모은 아이디어들을 정리하는 방법도 중요하다.

그 방법중의 하나는 마인드맵이다. 중심 주제를 종이 가운데 적고, 그로부터 가지를 뻗어 나가듯 연결된 아이디어들을 이어간다. 이 과정에서 예상치 못한 연결고리를 발견하게 되고, 새로운 시각으로 주제를 바라볼 수 있게 된다.

또 다른 한 가지는 사진을 활용하는 것이다. 글감과 관련된 사진을 찍거나 찾아보면, 그 이미지가 하나의 이야기로 발전하곤 한다. 예를 들어, 노를 젓는 뱃사공의 사진 한 장이 긴 여정의 이야기나 인생의 무게를 담은 글로 발전할 수 있다. 이런 시각적 요소는 더 풍부한 글감을 만들어낸다.

아이디어를 정리할 때, 육하원칙은 기본 틀이 되어준다. 누가, 언제, 어디서, 무엇을, 어떻게, 왜라는 기본적인 질문들을 통해 아이디어의 뼈대를 세운다. 그리고 이를 바탕으로 기승전결의 구조를 만들어간다.

이렇게 체계적으로 정리하면, 단어가 문장이 되고, 문장이 문단이 되고, 문단이 하나의 완성된 글이 되는 과정을 자연스럽게 만들어갈 수 있다.

무엇보다도 내가 글을 쓸 때 가장 중요하게 생각하는 것은 '공감'이다.

나의 경험과 지식을 바탕으로 글을 쓰되, 그것이 독자에게 어떻게 다가갈지를 항상 고민한다. 일기처럼 혼자만의 글이 아니라, 누군가가 읽고 공감할 수 있는 글을 쓰고자 한다. 또한, 글의 기본적인 틀을 지키는 것도 중요하다. 맞춤법, 문장 구조, 단락 구성 등 기본적인 규칙들을 지키는 것은 독자에 대한 예의이자, 더 나은 글을 쓰기 위한 기본 바탕이 된다.

3. 글쓰기의 시작을 가로막는 장애물

게으름과 나태함. 이 두 가지가 우리의 창작 의지를 꺾는 첫 번째 장애물이다. 우리는 일상을 살아가기 위해 '월급쟁이'라는 또 다른 이름으로 불리며 살아간다. 안정적인 삶을 위한 필수 요소들을 갖추느라 글쓰기는 자연스럽게 뒤로 밀려나게 된다. 단순히 현실적인 이유만은 아니다. 변화를 두려워하는 마음이 함께 작용한 결과일 것이다.

어쩌면 우리는 일상 속 안정과 안락함에 너무 익숙해져 있는지도 모른다. 창작이라는 불확실하고 도전적인 영역보다는 익숙한 일상의 루틴에 안주하려는 경향이 있다. 하지만 이런 안주는 우리의 창의성을 서서히 갉아먹는다. 우리는 이 편안함의 함정에서 벗어나, 새로운 도전을 위해 한 걸음 내딛을 수 있는 용기가 필요하다.

이러한 두려움을 어떻게 극복할 수 있을까?

먼저, 완벽주의에서 벗어나는 것이 중요하다.

많은 이들이 첫 문장부터 완벽해야 한다는 부담감에 시달린다. 하지만 글쓰기는 과정이다. 첫 문장에 모든 것을 담을 필요는 없다. 오히려 자연스럽고 솔직한 표현으로 시작하는 것이 독자의 관심을 끌 수 있다.

글의 방향성과 문체를 먼저 정하고 시작하면 부담을 조금은 덜 수 있다. 시간에 구애받지 않고 꾸준히 퇴고하는 과정도 중요하다. 이는 글의 질을 높이고 독자의 가독성을 향상시키는 데 큰 도움이 된다. 하지만 끊임없는 수정이 오히려 글쓰기의 진전을 막을 수도 있기 때문에 균형이 중요하고, 적절한 선에서 다음 단계로 나아가는 용기도 필요하다.

다양한 장르의 독서와 글쓰기 시도도 두려움 극복에 도움이 된다. 편식하지 않고 다양한 장르의 책을 읽으며 각각의 특징을 파악하고, 이를 자신의 글쓰기에 적용해 보는 것이다. 수필을 시나리오로 바꿔보거나, 마인드맵으로 글의 구조를 정리해 보는 등 다양한 시도를 통해 글쓰기에 대한 새로운 시각을 가질 수 있다.

　다른 작가들의 글쓰기 방식을 분석하는 것도 좋은 방법이다. 그들의 문체, 이야기 전개 방식, 각 장르별 특징 등을 면밀히 살펴보며 자신의 글쓰기에 적용할 점들을 찾아낼 수 있다. 이러한 과정을 통해 자신만의 독창적인 스타일을 발견하고, 글쓰기에 대한 자신감을 키울 수 있다.

**　글쓰기의 두려움을 극복하는 데 있어 가장 중요한 것은 바로 '시작'이다.** 아무리 작은 것이라도 일단 시작하는 것, 그리고 그 시작을 지속하는 것. 이것이 글쓰기의 핵심이다. 매일 조금씩이라도 글을 쓰는 습관을 들이면, 점차 글쓰기에 대한 두려움이 줄어들고 자신감이 생길 것이다. 또한, 글쓰기를 통해 얻는 성취감과 소통의 기쁨을 기억하는 것도 중요하다.

　누군가가 내 글에 공감해 줄 때, 나와 같은 생각을 하는 사람이 있다는 것을 알게 될 때 우리는 큰 힘을 얻으며 '칭찬은 고래도 춤추게 한다'는 말처럼, 작은 칭찬 한마디가 우리 안의 숨겨진 창의성과 열정을 끌어내는 데도 큰 도움이 된다. 진심 어린 칭찬은 우리를 더 나은 글쓰기로 이끄는 원동력이 된다.

결국, 글쓰기는 나와 다른 사람들 간의 소통의 매개체다. 이 과정을 우리는 조금씩 성장하고, 상대방을 더욱 이해하게 되는 것이다. 글쓰기의 시작이 두렵더라도, 그 두려움 속에 담긴 가능성과 성장의 기회를 놓치지 말아야 한다. 그런 의미에서 나는 묻는다.

오늘 하루, 어떤 글을 쓰고 싶으신가요?

1-2.

글쓰기는 어떻게
공감 브랜딩이 되는가?

1. 글쓰기와 브랜딩의 연관성

언뜻 보기에는 별개의 영역 같지만, 사실 이 둘은 깊은 연관성을 가지고 있다. 마치 두 개의 실이 서로 엮여 하나의 천을 이루듯 글쓰기와 브랜딩은 서로를 보완하며 강력한 시너지를 만들어낸다.

그렇다면 **글쓰기로 어떻게 브랜드를 만들어가는 걸까?**

글쓰기는 브랜드의 정체성을 명확히 전달하는 강력한 무기이다. 브랜드는 단순한 제품이나 서비스가 아니다. 브랜드는 하나의 이야기이며, 그 이야기를 만들어낸 사람들의 꿈과 철학이 담긴 작품이다. 우리 모두가 각자의 인생 이야기를 가지고 있듯이 브랜드 역시 고유한 스토리를 가지고 있다. 이 스토리를 글로 풀어내는 것, 그것이 바로 브랜드 스토리텔링의 핵심이다.

글쓰기를 통해 브랜드의 이야기를 전하자면 우선

독자와의 정서적 유대감을 형성할 수 있다. 감정이입을 유도하는 글쓰기는 독자가 공감함으로써 브랜드와 개인적인 관계를 맺게 해준다. 이는 단순한 고객이 아닌, 브랜드의 팬을 만들어내는 힘을 가지고 있다. 예를 들어, 한 제품의 탄생 과정을 담은 글을 읽으면서 독자는 그 제품에 담긴 노력과 열정을 느낄 수 있다. 그렇기에 독자는 단순한 구매를 넘어서는 감동과 공감을 이끌어낸다.

일관된 글쓰기 스타일은 브랜드에 대한 신뢰를 구축한다. 마치 유명 작가들이 자신만의 고유한 문체를 가지고 있듯이 브랜드 역시 일관된 톤앤매너를 가져야 한다. 이는 단순히 글의 스타일을 넘어서는 의미를 지닌다. 그것은 브랜드의 약속이다.

메시지와 스타일은 브랜드의 아이덴티티를 명확하게 나타낸다. 독자들은 이를 통해 해당 브랜드를 믿을 수 있게 된다. 이는 브랜드 인지도를 높이고, 충성도 높은 고객층을 형성하는 데 크게 기여한다.

글쓰기는 브랜드 스토리텔링의 핵심 요소다. 단순히 정보를 전달하는 것을 넘어 이야기를 전달하는 역할을 한다. 스토리가 담긴 글쓰기는 읽는 사람의 마음을 움직이고 공감을 이끌어낸다. 글쓰기가 브랜드의 감정을 전달하고, 독자의 감정선을 열어주는 것이다.

이를 위해서는 타겟 독자층에 대한 깊은 이해가 필요하다. 독자들이 무엇을 필요로 하고 원하는지, 어떤 언어에 반응하는지를 파악하는 것이 중요하다. 그리고 브랜드의 메시지를 타겟 독자층의 감성에 맞게 전달하는 방법을 찾아야 한다. 마치 친구와 대화를 나누는 것처럼 자연스럽고 친근하게 이루어지면 된다.

글쓰기 브랜딩은 브랜드의 철학과 가치를 전달하고, 독자와의 공감으로서 정서적으로 연결되는 과정이다. 잘 쓰여진 글은 브랜드의 정체성을 강화하고, 독자의 마음속에 깊이 각인이 남는다. 이 모든 과정에서 중요한 것은 진정성이다. 아무리 기술적으로 뛰어난 글이라도 진정성이 없다면 독자의 마음을 움직일 수 없다. 브랜드의 진실된 이야기, 그 안에 담긴 열정과 노력, 독자를 향한 저자의 진심 어린 마음이 모든 것을 글에 담아낼 때 비로소 글쓰기 브랜딩은 살아 숨 쉬는 존재가 된다.

2. 나의 공감 브랜딩 구축 사례

글쓰기를 통해 개인 브랜드를 구축한다는 것, 그것은 마치 자신의 삶을 하나의 작품으로 만들어가는 과정과도 같다. 나의 경험, 나의 생각과 감정을 글로 표현하며 타인과 공감을 이루며 소통하는 것이 내가 생각하는 글을 통한 개인 브랜딩의 시작이다.

"공감도 브랜딩이 되나요?"

글을 통해 개인 브랜드를 구축하기 시작했다. 첫 출간이 바로 그 시작이었다. 매일 내 감정을 글로 표현하며, 마치 그림을 그리듯 끄적였던 그 글들이 출판사의 제안으로 책이 되어 세상에 나오게 되었다. 그 과정에서 내 감정과 경험을 솔직하게 담아내려 노력했고, 진심이 독자들의 마음에 공감을 주고 와 닿을 수 있었다. 단순한 텍스트가 아닌, 누군가의 삶에 작지만 의미 있는 변화와 위로를 줄 수 있다는 것을 깨달은 순간이었다. 이것이 글을 통한 개인 브랜딩의 첫걸음이었다.

개인 브랜드 구축에 효과적인 글쓰기 장르로는 일반적으로 자기계발서나 실용서를 꼽을 수 있다. 자신의 경험과 지식을 다른 사람들에게 공유하면서 노하우를 전수하는 방식의 글쓰기는 독자들에게 실질적인 도움을 줄 뿐만 아니라 필자의 독특한 스타일을 더욱 돋보이게 한다. 독자들 사이에서 입소문을 타게 되어 자연스럽게 개인 브랜드 구축으로 이어진다.

이를 위해서는 무리하지 않는 루틴을 설정하는 것이 중요하다. 나는 하루 중 특정 시간을 정해두고 글을 쓴다. 특히 1시간 동안 글을 쓸 때는 반드시 10분 정도는 손을 놓고 쉬어야 한다. 꾸준한 글쓰기와 함께 적절한 휴식이 균형을 이뤄야 작가로서의 성장을 가져올 수 있다. 그래야 피로를 줄이고 더 창의적이고 생산적인 글쓰기가 가능해진다. 고정된 글쓰기 시간과 규칙적인 휴식은 작업 효율성을 높여줄 뿐 아니라, 장기적으로 볼 때 글쓰기 지속 가능성을 보장해 준다.

욕심을 내려놓는 것도 중요하다. 자신의 그릇보다

큰 그릇을 욕심내면 오히려 더 큰 부담을 가지게 되고, 섣부른 결정이 공든 탑을 무너뜨릴 수 있다. 스스로를 과대평가하지 않고, 현실적인 계획을 만들어야 더 단단한 글쓰기를 이루어 낼 수 있기 때문이다.

글쓰기를 통한 개인 브랜드 구축 과정에서 겪을 수 있는 또 다른 어려움은 일관성 유지이다. 자신만의 독특한 목소리와 스타일을 개발하고 이를 지속적으로 유지하는 것은 쉽지 않다. 하지만 이 일관성이야말로 강력한 개인 브랜드를 만드는 핵심 요소다. 독자들은 일관된 메시지와 스타일을 통해 그 작가의 글을 쉽게 식별하고 신뢰를 쌓아갈 수 있기 때문이다.

또한, 디지털 시대에 맞는 플랫폼 활용도 중요하다. 블로그, 소셜 미디어, 팟캐스트 등 다양한 채널을 통해 자신의 글을 알리고 독자와 직접적으로 소통하는 것도 필요하다. 이를 통해 더 많은 사람들에게 저자가 자신의 메시지를 전달하고 브랜드 인지도 또한 높일 수 있다.

글쓰기를 통한 개인 브랜딩은 긴 여행과도 같다.

하루아침에 이루어지는 것이 아니기 때문에 꾸준한 노력과 인내가 필요하다. 하지만 그 과정 자체가 자신을 성장시키고, 더 나은 작가로 만들어 준다고 생각한다. 우리의 글이 누군가에게 영감을 주고 위로가 되고, 변화의 계기가 될 때 우리는 진정한 의미의 개인 브랜드를 가진 작가가 되어 있을 것이다.

3. 공감 글쓰기로 인한 긍정적 영향

작가는 독자의 마음을 울리는 글을 써 내려가야 한다. 공감의 힘, 그것은 마치 보이지 않는 실로 사람과 사람을 연결하는 것과 같다. 내 경험, 감정을 솔직하게 털어놓으며 독자의 마음에 닿을 수 있게 하는 것. 이것이 바로 공감 글쓰기의 시작이 된다.

공감 글쓰기는 작가와 독자 사이에 보이지 않는 신뢰를 쌓아준다. 글을 읽고 공감한다는 것은 나와 같은 생각을 하는 사람이 있다는 것을 깨닫는 순간이다.
이는 일면식도 없는 작가에게 독자가 신뢰를 느끼게 되는 계기가 된다. 독자와 작가 사이의 거리가 좁혀지고 독자는 자신이 혼자가 아니라는 안도감을 가지게 된다. 이러한 공감의 경험이 반복되면서 독자의 신뢰는 더욱 견고해지며 작가가 전하는 메시지를 더 열린 마음으로 받아들이게 하는 토대가 된다.

작가의 입장에서 보면, 독자와의 공감은 지속적인

관심을 이끌어내는 중요한 요소가 된다. 결과적으로 독자는 더 많은 작가의 글을 찾아 읽게 되고 작가는 자신의 메시지를 더 널리 전파할 수 있는 기회를 얻게 된다.

공감 글쓰기는 세 가지의 역할이 있다.

첫 번째, 공감 글쓰기는 독자의 공감대를 넓히고 긍정적인 감정을 쌓아 올린다. 독자들은 자신과 비슷한 경험이나 감정을 공유하는 글을 접할 때 더 큰 친밀감을 느낀다. 이는 작가와 브랜드에 대한 신뢰도를 높이는 데 큰 도움이 된다. 공감 글쓰기는 독자의 감정을 이해하고 반영하기 때문에 작가의 글에 담긴 메시지가 더욱 진솔하게 느껴질 수 있다.

브랜드의 관점에서 볼 때, 공감 글쓰기를 통해 인간적인 면모를 드러내면 독자들은 그 브랜드가 단순히 제품을 판매하는 기업이 아니라 자신들의 삶에 관심을 갖고 있다는 인식을 하게 된다. 이렇게 공감 글쓰기에 대해 쌓인 긍정적인 감정은 브랜드에 대한 충성

도를 높이고, 지속적인 신뢰 관계를 형성하는 밑바탕
이 될 수 있다.

**두 번째, 공감 글쓰기는 개인 브랜드의 사회적 책임
과 이미지 회복에 도움이 된다.** 단순한 사실 전달보다
는 감정적인 요소가 더 크게 작용하기 때문에 브랜드
가 어떤 이유로 사회적 책임을 중요하게 생각하는지,
그 과정에서 어떤 노력이 이루어졌는지를 감동적인
이야기로 담아낼 수 있다.

신뢰가 쌓인 상태에서 공감되는 진심 어린 글을 작
성하면 독자들로부터 더 큰 반응과 지지를 받을 가능
성이 높다. 이는 문제 상황에서 부정적인 이미지를 극
복하고 새로운 기회를 만들어낼 수 있는 바탕이 된다.

진심 어린 '공감' 글은 단순히 문제를 해결하는 것을
넘어서, 독자들과의 심리적인 연결을 다져 준다. 브랜
드나 작가의 인간적인 면모를 더욱 부각시키며 독자
들이 자신도 같은 어려움을 겪을 수 있다는 동질감을

느끼게 한다. 이 과정에서 더욱 깊은 신뢰를 구축할 수 있으며, 작가와 독자가 글을 넘어서 인연이 되어가는 계기도 될 수 있다.

세 번째, 공감 글쓰기는 커뮤니티 형성에도 중요하다.

공감으로 독자들 간의 유대감을 강화하며 작가 또는 브랜드와의 지속적인 소통의 창구를 마련해준다. 그것은 슬럼프 상황에서도 변함없는 지지를 받을 수 있는 강력한 무기가 될 수 있다.

일기와 에세이는
어떻게 다른가?

1. 일기와 에세이의 차이점

언뜻 보기에는 비슷해 보이지만, 그 본질은 전혀 다른 두 개의 세상이다. 마치 혼자 부르는 노래와 무대 위에서 관객을 향해 부르는 노래의 차이점을 보는 것과 같다.

일기는 내가 주인공이 되는 글이다. 솔직하고 꾸밈없는 나의 생각과 감정을 자유롭게 표현하는 공간이다. 그 어떤 검열도, 제약도 없이 마음껏 나를 펼칠 수 있는 곳.

반면 에세이는 독자가 주인공이 되는 글이다. 나의 경험과 생각을 독자의 눈높이에 맞춰 전달해야 하며 그들의 공감을 얻거나 새로운 시각을 제공하는 것이 목적이다.

일기와 에세이의 가장 큰 차이점은 바로 '독자'의 존 재다. 일기의 독자는 1인칭 시점으로 오직 나 자신이 다. 하지만 에세이는 불특정 다수의 독자를 대상으로 하는 1대 100의 비율과도 같다. 일기를 쓸 때는 나만 을 생각하면 되지만 에세이를 쓸 때는 불특정 다수를 고려해야 한다는 뜻이다.

이러한 차이는 글의 구조와 표현 방식에도 영향을 미친다. 시간 순서대로 기록하거나, 산발적으로 떠오 르는 생각들을 적어내기도 한다. 하지만 에세이는 독 자의 이해를 돕기 위해 일정한 구조를 갖춰야 한다. 기승전결의 흐름을 따라가며 독자의 마음에 공감을 일으켜야 하고 설득력 있는 문장도 필요하다.

일기는 즉흥적이고 감정적일 수 있지만 에세이는 좀 더 신중하고 분석적인 접근이 필요하다. 일기에서 는 내 감정을 있는 그대로 쏟아내는 반면 에세이는 그 감정을 독자가 이해하고 공감할 수 있는 방식으로 표현해야 한다.

일기와 에세이의 목적성 또한 다르다. 일기는 개인의 내밀한 기록이며 자신의 생각과 경험을 정리하는 과정에서 의미를 찾는다. 반면 에세이는 특정한 메시지나 주제를 전달하려는 목적이 있다. 같은 일상의 경험이라도 일기에서는 단순한 기록으로 남지만 에세이에서는 그 경험을 통해 독자에게 전하고자 하는 주제가 담긴 메시지가 있어야 한다. 에세이를 쓸 때는 독자의 관심사와 배경지식을 고려해야 한다. 공감대를 형성할 수 있는 소재와 사례를 추가하고, 독자가 이해하기 쉽도록 설명을 덧붙이는 것이 중요하다.

일기에서는 전혀 고려하지 않아도 되는 부분이다. 그러나 이러한 차이점에도 일기와 에세이는 서로 밀접한 관계를 가지고 있다. 많은 작가들이 자신의 일기에서 영감을 얻어 에세이를 쓰기도 한다. 일기에 담긴 솔직한 감정과 생생한 경험들이 에세이의 뼈대가 되어 더욱 진정성 있고 공감 가는 글이 탄생하는 것이다. '일기'가 에세이로 인해 '글'이 되는 순간이다.

일기와 에세이의 차이를 이해하는 것은 더 나은 글쓰기를 위한 첫걸음이다. 일기를 통해 자신의 내면을 들여다보고 에세이를 통해 그 경험을 독자가 공감하며 작가와 독자가 함께 세상과 공유하는 것이다. 이 두 가지 방식을 적절히 활용한다면 우리는 더욱 풍부하고 깊이 있는 글을 쓸 수 있을 것이다.

2. 일상을 공감하는 '글'로 전환하는 법

어떻게 하면 일상의 사소한 순간들을 많은 이들의 공감을 얻을 수 있는 글로 탈바꿈시킬 수 있을까? 마치 평범한 돌멩이를 반짝이는 보석으로 만드는 연금술사처럼 일상의 순간들을 공감의 언어로 바꾸는 마법을 부려야 한다.

먼저 시각적인 요소에 주목해야 한다. 매일 출근하는 풍경과 사람들, 집안의 익숙한 물건들. 이런 시각적인 요소들은 독자들의 즉각적인 공감을 불러일으킨다. 눈에 보이는 모든 것들은 과거의 기억을 떠올리게 하거나 현재의 감정을 생동감 있게 만들어준다.

시각적인 이미지는 사람들에게 직관적으로 다가가며 감정을 즉각적으로 일으키는 힘이 있다.
예를 들어, 아름다운 풍경은 독자로 하여금 평온함이나 경이로움을 느끼게 할 수 있다. 그리고 사람의 표정이나 몸짓은 또 다른 커뮤니케이션으로서 감정을 전달하는 강력한 도구가 된다.

시각적인 요소들은 각자의 배경과 이야기를 가지고 있기에 독자들로 하여금 자신의 경험과 느낌을 투영하게 만든다. 감정처럼 보이지 않는 추상적인 것보다 실제로 눈으로 볼 수 있는 구체적인 요소들이 독자들에게 더 큰 공감을 이끌어낼 수 있다.

익숙한 것을 새로운 시각에서 바라보는 노력이 필요하다. 단순히 반복되는 일상적인 것들을 새로운 관점으로 재해석하는 능력에서 비롯된다. 관찰에 그치지 않고 스스로에게 질문을 던져보는 것이 중요하다. 일상에서 지나칠 수 있는 사소한 것들에도 특별한 의미를 부여해 보고 그것을 바탕으로 깊이 있는 통찰을 이끌어내는 태도도 필요하다.

그러나 이 과정에서 독자의 입장을 고려하는 것을 잊어서는 안 된다. 자신의 감정을 전달할 때는 독자의 관점과 감정 상태를 항상 염두에 두어야 한다. 감정 전달에 있어 지나침은 없어야 하고, 독자와의 관계에 따라 절제도 필요하다. 작가의 감정이 너무 강하거나 일방적일 경우엔 독자가 그 감정을 받아들이기 힘들 수 있기 때문이다.

일상을 '공감' 글로 전환할 때는 **스토리텔링 기법**도 중요하다. 이야기에 공감 요소가 얼마나 있는지, 기승전결의 틀이 잘 갖춰져 있는지를 파악해야 한다.
독자들이 공감할 수 있는 매개체를 제공하고, 갈등 요소를 적절히 배치한다면 이야기를 흥미롭게 들여다 볼 수 있다.

또한 **디테일에 주목하는 것도 잊지 말아야 한다.**
일상 속 작은 사건들을 의미 있는 스토리로 만드는 비결은 바로 세심한 묘사에 있다. 작가로서 경험한 작은 사건들이 다른 사람에게도 의미 있고 감동적으로 다가갈 수 있도록 섬세하게 그려내야 한다. 이를 통해 독자들은 마치 자신의 이야기처럼 느끼게 되며 더 깊은 공감을 얻을 수 있게 된다.

마지막으로, 글의 주제나 메시지와 감정이 잘 맞아 떨어지도록 해야 한다. 독자가 글을 통해 작가의 진심을 느낄 수 있도록 도와준다. 단순히 감정을 쏟아내는 것이 아니라 그 감정이 전하고자 하는 메시지와 조화를 이루도록 하는 것이 중요하다.

평범해 보이는 일상 속에서도 충분히 따스하고 감동적인 이야기를 만들어낼 수 있다. 일상을 '공감' 글로 전환하는 것은 단순히 글을 쓰는 것 이상의 의미를 지닌다. 그것은 세상을 새로운 시각으로 바라보고 그 속에서 따스한 온기를 발견하는 과정이다.

3. 독자와의 연결을 강화하는 공감 글쓰기 기법

글쓰기란 마음과 마음을 잇는 연결고리인 셈이다. **가장 중요한 것은 진솔함이다.** 저자의 경험과 감정을 바탕으로 진솔하게 글을 쓰면 독자와의 공감과 공유가 더 잘 이루어진다. 작가의 경험이 녹아든 글은 그 자체로 깊은 감정을 불러일으키기 때문에 독자의 마음을 '톡' 하고 건드릴 수밖에 없다. 자신의 경험에서 우러나온 감정을 진실되게 표현하는 것은 독자와의 강력한 연결고리를 형성하는 밑거름이 된다.

글의 묘사 방식도 중요하다. 시각적, 청각적, 촉각적인 감각적 묘사를 통해 독자가 그 장면을 직접 눈앞에 보는 것처럼 느끼게 만들어야 한다. 이렇게 하면 독자는 단순히 글을 읽는 것이 아니라, 저자가 느꼈던 감정을 실제로 체험하는 것 같은 느낌을 받을 수 있다.

보편적인 일상을 글로 풀어내는 것도 좋은 방법이다. 아침에 일어나서 커피를 마시는 여유, 출근길에 겪는 변수 등 이러한 일상적인 경험들은 많은 사람들이 공감할 수 있는 부분들이다. 자신만의 성격과 성향을 장단점 구분 없이 솔직하게 내비치는 것도 좋다. 자신의 약점이나 부정적인 면을 숨기지 않고 오히려 그것을 솔직하게 드러내는 글에서는 작가의 진심이 느껴지며 독자들은 작가의 인간적인 면을 더욱 쉽게 이해하고 공감할 수 있게 된다.

"내가 저 입장이라면 어떨까?"라고 다시 한번 생각해 볼 수 있는 질문을 던지며 독자의 참여를 유도하는 것도 좋다. 이렇게 하면 독자들이 자연스럽게 책의 내용과 자신을 연결 지을 수 있게 되고, 더 깊이 있는 생각을 할 수 있게 된다.

'예를 들면' 이라는 구체적인 사례나 경험을 들어 이야기를 전개하는 것도 효과적이다. 특정 상황에서 느꼈던 감정이나 고민을 자세히 설명하고 이를 극복했을 때의 순간까지 이야기하면 독자들은 더 쉽게 몰입하고, 작가와 자신의 경험과 비교하며 공감하게 된다.

나는 비유법을 사용하는 것을 좋아한다. 사물을 의인화하거나 자연에 사람을 비유하는 방식을 통해 독자들이 글에 담긴 감정을 보다 깊이 이해할 수 있도록 할 수 있어서이다. 일상의 사물을 의인화하여 복잡한 감정을 표현하면 독자들에게 더 큰 공감을 얻을 수 있다.

"당신은요? 당신이라면?" 등의 표현을 사용하여 독자의 관점을 반영하는 것도 중요하다. 이와 같은 질문형 표현은 독자에게 자신을 돌아볼 기회를 제공하며, 자신을 이야기 속에 투영해 볼 수 있게 한다.

독자가 글을 읽는 동안 자신과 관련된 경험이나 감정을 떠올리게 하는 것이 핵심이다. 작성하는 글이 독자에게 얼마나 현실적으로 다가오는지 그 글 속에서 독자가 얼마나 자기 자신을 발견할 수 있는지가 관건이라고 할 수 있다.

나의 진솔한 글이 누군가에게 위로가 되고 힘이 되고 변화의 계기가 될 때 그때 우리는 진정한 의미의 공감 글쓰기의 힘을 경험하게 될 것이다. 이것이 독자와의 연결을 강화하는 공감 글쓰기의 진정한 의미가 된다.

2부.

공감 글쓰기,
어떻게 해야 할까요?

공감 글쓰기를 위한 20가지 키워드

2-1.

일상

1. 평범한 일상을 특별하게 쓰는 법

혹시 일상을 특별하게 만드는 데에도 연습이 필요한 건 아닐까? 매일 반복되는 일상이지만 매일이 똑같지 않다. 하늘도, 풍경도 출근길도 매일 다른 것처럼 일상의 루틴을 나만의 방식으로 변화시켜 보는 것이 중요하다. 각각의 활동과 일정을 내가 원하는 방식으로 조정함으로써 일상의 반복에서 오는 지루함을 피해 갈 수 있다. 이러한 변화는 자신을 더 잘 이해할 수 있는 기회를 제공하고, 새로운 경험을 통해 다양한 시각을 가질 수 있게 한다.

때로는 잠시 멈추는 것도 하나의 새로운 시작이 될 수 있다. 끊임없는 활동과 일에 매진하다 보면, 어느 순간 지쳐버리거나 번아웃 상태에 이를 수 있다. 이럴 때는 잠시 일상을 내려놓고 충분한 휴식을 취함으로써, 몸과 마음을 재충전하는 것이 중요하다. 이러한 쉼은 단순한 휴식이 아니라 새로운 시각과 아이디어를 떠올리기 위한 중요한 시간을 제공해 준다.

　－ 놀이터

　어린이를 위한 놀이터는
　어디든 가도 보이는데

　어른이를 위한 놀이터는
　어디든 가도 보이지 않더라

　외치면 닿을까.
　나는 아직, 어린 마음의 어른이라서 '어른이'의 놀이터가 필요하다고.

('어른이도 온기가 필요해 – P.16')

나는 어느 날 놀이터에서 생각했다. 왜 어른을 위한 놀이터는 없는 걸까? 아니, 나는 진짜 어른인 걸까? 그래서 아래와 같은 글을 적었다.

상상력을 풍부하게 하는 것도 중요하다. 상상을 많이 해보고 그것을 글로 써보는 것은 현재의 틀을 깨고 새로운 관점에서 사물을 바라보는 능력을 키워준다. 글을 쓴다고 해서 꼭 글만 읽는 것이 아니라 다른 예술 형식을 경험하는 것도 매우 유익하다. 그림을 그려보거나, 공연을 관람하거나 에너지틱한 스포츠를 해보는 것 모두가 창의적인 아이디어를 떠올리는 데 큰 소재가 된다.

글쓰기를 단순히 문자를 나열하는 작업이 아니라, 나만의 보물섬을 꾸미는 것이라고 생각하는 것도 좋다. 내 세상은 내가 주인공이기 때문에 내가 좋아하고 사랑하는 것들로 가득 차 있고 그 안에서 작은 순간들조차 특별한 의미를 담아낼 수 있다. 이러한 시각으로 소소한 일상마저도 특별하고 소중하게 느껴지게 만들 수 있다.

평범한 일상을 특별하게 만드는 것은 결국 우리의 시선과 태도에 달려있다. 매일 반복되는 일상 속에서도 새로운 의미와 아름다움을 발견하려는 노력, 그리고 그것을 글로 표현하려는 열정이 있다면 우리의 일상은 언제나 특별한 이야기가 될 수 있다.

2. 일상에서 공감 포인트 찾기

우리 삶의 근간을 이루는 세 가지 요소에 주목해보자. 사람, 자본, 그리고 건강 이 세 가지는 우리의 일상을 구성하는 핵심 요소이며 동시에 많은 이들이 공감할 수 있는 주제이기도 하다. 자본이 부족할 때의 어려움과 사람의 관계에서 느끼는 다양한 감정들 그리고 건강의 소중함. 이런 주제들은 누구나 한 번쯤 경험해 봤을 일상적인 감정들을 불러일으킨다.

공감을 이끌어내기 위해서는 먼저 내가 상대방의 이야기에 귀 기울일 줄 알아야 한다. 상대방의 얘기도 들어주며 집중하는 모습을 보여주고 다양한 책을 읽으며 여러 관점과 경험을 간접적으로 체험도 해 보며 자신의 경험을 비유하여 공감을 더 이끌어낼 수 있다.

나의 경험과 감정을 전달하는 방식도 중요하다. 감각에 비유해 표현하거나 글로 쓰거나, 말로 전하는 등의 다양한 소통 방식을 활용할 수 있다.

예를 들어, 따뜻한 차 한 잔을 마실 때 느끼는 편안
함을 통해 일상 속의 평온함을 전달할 수 있는 것처
럼 중요한 것은 자신에게 가장 자연스러운 전달 방식
을 찾는 것이다.

독자의 관심을 끌 수 있는 주제를 파악하는 것도 좋
다. 소소한 일상의 순간들 같은 아이디어들을 마인드
맵으로 시각화해 보는 것도 좋은 방법이다. 소셜 미디
어나 커뮤니티에서 독자가 주로 어떤 이야기에 반응
하는지 살펴보는 것도 도움이 된다.

작가로서 창의적인 시각을 유지하려면 끊임없이 생
각하고 질문하는 습관이 필요하듯 일상의 경험을 글
로 표현할 때는 복잡한 문장보다 간결하고 명확하게
전달하려는 노력이 필요하다.

2-2.

감정

1. 감정을 진솔하게 표현하는 법

감정이라는 보이지 않는 실체를 어떻게 하면 글로 옮겨 독자의 마음에 와닿게 할 수 있을까?

- 마음 내려놓기

내가 나의 장점만이 아닌 단점까지 인정하고 나를 온전히 내려놓았을 때 비로소 자신의 감정과 생각을 객관적으로 볼 수 있게 된다. 우리가 흔히 하는 실수는 자기 자신을 지나치게 내세우거나, 반대로 자신을 비판하면서 스스로를 너무 억제하는 것이다. 그러나 나의 모든 면을 있는 그대로 인정하고 마음을 내려놓을 때, 우리는 비로소 자신을 객관적으로 바라볼 수 있게 된다. 마음을 내려놓는다는 것은 단순히 자기를 비우는 것이 아니라, 자신의 감정을 있는 그대로 받아들이고 인정하는 과정은 내가 스스로를 존중하고 나를 사랑하는 첫 걸음마이기도 하다.

- 나 전달법

'나 전달법'은 상대방의 행동이나 태도에 대해 불편함을 느낄 때 자신의 감정과 생각을 '나'로 시작하는 문장으로 표현하는 대화 방식이다. 이를 통해 상대방이 자신의 입장을 이해하고 공감할 수 있도록 돕는다. 예를 들어 "당신이 이렇게 행동하면 나는 정말 상처 받아요."라고 말하면 상대방도 내가 어떤 감정 상태인지 더 쉽게 공감하고 이해할 수 있다.

무엇보다 감정 표현에 있어 너무 단순하지도 너무 깊지도 않게 바닥이 보일 정도로 메마르거나 넘쳐흐를 정도로 과하지 않도록 해야 한다. 찡하지만 과하지 않게 담백하지만 무미건조하지 않게 전달하는 것이 필요하다. 이렇게 적당한 감정 표현을 유지하면 독자들이 자연스럽게 공감할 수 있는 공감대를 형성할 수 있다.

2. 독자의 감정에 대한 글쓰기의 또 다른 방법들

나는 글쓰기를 일종의 음악으로 본다. 글에서 독자의 감정을 잘 이끌어내기 위해선 **감정적 공명을 일으키는 것이 중요하다.** 감정적 공명이란 다른 사람의 감정을 공유하고 이해하는 것이다. 나는 그 공명을 공감으로 생각한다. 이를 위해서는 일상 그 자체에 주목해야 한다. 우리의 하루하루 속에서 우리는 다양한 감정들을 경험하게 된다.

누군가로 인해 기쁘고 슬프고, 다른 사람의 힘듦을 간접적으로 겪는 그런 모든 감정들이 우리의 감정적 공명을 일으킬 수 있다.

특별한 날이나 큰 사건이 아니더라도 하루하루 살아가면서 느끼는 작은 행복이나 고단함도 감정적 공명을 일으킬 수 있는 중요한 요소들이다. 친구나 가족과의 우정과 사랑, 상사나 동료와의 갈등과 화해 혹은 낯선 사람과의 짧은 만남에서조차 우리는 감정적 공명을 경험할 수 있다. 이러한 일상의 작은 순간들이 모여 결국 우리에게 깊은 감정적 연결이 되는 것이다.

독자의 입장에서 생각하며 그들의 감정을 이해하려 노력해야 한다. 작가로서 독자의 위치에서 상황을 바라보고 독자가 어떠한 감정과 반응을 보일지 예측하며 이를 글에 반영하는 노력은 매우 중요하다.

글은 읽는 '음악'이라고 생각해 볼 수 있다. 저자만의 색깔로 잘 어우러진 문단과 문장, 그리고 글을 읽는다면 무언가 조미료를 첨가하지 않아도 진솔한 마음으로 자연스레 독자의 공감을 이끌 수 있다. 작가로서의 스타일과 음성은 마치 작곡가가 멜로디와 리듬을 조화롭게 배치하는 것처럼, 문장 하나하나가 음악의 노트가 되어 독자의 마음속에 깊이 스며들게 만드는 힘이 있다.

이렇듯 글을 읽는 '음악'이라고 생각하면 쉼표와 마침표 같은 문장 부호까지도 주는 미묘한 차이를 통해 이루어질 수 있다. 글에서 느껴지는 리듬과 페이스는 독자가 텍스트를 따라가며 그 흐름에 자연스레 몸을 맡기게 만드는 중요한 요소이다.

글의 시작부터 끝까지 독자의 감정을 점진적으로 변화시켜 나가는 것도 중요하다. 긍정적인 감정에서 부정적인 감정으로, 또는 그 반대로 변화를 시도하는 것이다. 감정의 높낮이를 통해 긴장감을 조성하는 것도 독자의 호기심과 몰입도를 높일 수 있다.

그런 감정의 변화로 인한 감정의 기복을 적절히 배치함으로써 독자가 예기치 못한 순간에도 감정의 변화를 느끼게 하는 것도 중요하다. 독자의 감정을 계속해서 변화시키고, 그 변화를 통해 얻는 반응을 세심히 관찰하는 것도 흥미를 이끌어내는 데 도움이 될 것이다.

나는 감정을 끌어내기 위해 일부러 글 속에 여백을 두기도 한다. 살아가는 모든 순간에 여백이나 공백은 필수 요소이다. 감정적인 부분에도 분명 여백이, 쉼이 필요하다. 바래지 않은 시선으로 앞을 보고 나아가기 위해서이다. 또한 독자가 자신을 투영함으로써 작가와 더욱 공감대를 형성할 수 있기도 하다.

2-3.

문투

1. 자연스럽고 친근한 문체 사용하기

– 너라는 음악.

듣고 싶어, 너라는 음악

듣고 싶어, 너라는 선율

들려줘, "너라는 이름의 밤을."

('어른이도 온기가 필요해 –P.113')

어떻게 하면 내 글이 독자에게 마치 오랜 친구의 이야기처럼 다가갈 수 있을까?

마치 따뜻한 커피 한 잔을 나누며 이야기를 나누는 것처럼, 글이란 독자와의 편안한 대화를 이어갈 수 있어야 한다.

일단, 개인적 경험을 활용하는 것이 중요하다. 자신의 경험을 스토리에 녹여내어 독자가 자신의 이야기를 듣고 있다는 느낌을 받을 수 있게 하는 것이다. 상황을 직접 체험한 것처럼 묘사하면 독자도 보다 쉽게 공감할 수 있다. 예를 들어, 오늘 겪었던 소소한 행복감을 묘사하는 것만으로도 많은 독자들이 공감할 수 있는 상황을 만들어낼 수 있다.

장황한 설명은 피해야 한다. 요점을 바로 전달하고 불필요한 설명은 줄여 대화체의 자연스러움을 유지하는 게 중요하다. 너무 많은 설명이나 배경 정보를 넣기보다는 대화를 통해 그 사실을 자연스럽게 드러내는 것이 좋다. 문장을 짧고 간결하게 구성하고, 자주 사용되는 말투와 속어를 적절히 활용하면 일상의 대화체가 더욱 현실감 있게 다가올 수 있다.

그러려면 문체가 자연스러워질 필요가 있는데, 자연스러운 문체를 위해서는 많은 연습과 퇴고가 필요하다. 내 글이 설명문이나 일기가 아니라 누군가에게

'보여지는' 글이라면 절제에 절제를 더해야 하고 퇴고도 그만큼 많이 해야 한다. 특히나 글을 쓰면서 필연적으로 발생하는 군더더기나 불필요한 수식을 제거하는 과정이 중요하다. 이 과정은 반드시 많은 시행착오를 통해서 얻어지는 것이기 때문에, 처음부터 완벽한 글을 쓸 수 없다는 점을 인정하고 계속해서 연습해야 한다.

그리고 상황에 따라 적절한 말투를 선택하는 것도 중요하다. 독자와의 관계, 글의 목적, 주제 등을 고려하여 적절한 말투를 선택해야 한다. 누군가 옆에 있다고 생각하고 자연스럽게 대화하듯이 글을 쓰는 것도 좋은 방법이다. 마치 친구와 즐겁게 대화하는 느낌으로 문장을 풀어나가면 독자들도 그 느낌을 고스란히 받을 수 있다. 언어유희를 사용하는 것도 하나의 기발한 방법이다. 단어의 선택과 배열을 통해 웃음을 유도하거나, 상황을 반전시키는 표현을 활용하면 더욱 재미있고 유쾌한 글이 된다.

나는 주로 1인칭 시점으로 글을 풀어내면서 독자에게 친근감과 신뢰를 동시에 줄 수 있기 때문인데, 이는 내가 나에게 한 번 더 얘기하는 방식으로 표현되며 이를 통해 독자들도 자연스럽게 글쓴이와의 거리를 좁힐 수 있어서이다.

그리고 글에서 구어체나 일상 대화에서 자주 사용하는 감탄사 등을 활용한다면 독자들이 글을 읽으며 마치 친밀한 대화를 나누는 듯한 느낌을 받게 된다. 이렇게 하면 글이 단조롭지 않고 생동감 있게 전달되며, 독자와의 심리적 거리를 더욱 좁힐 수 있다.

2. 독자가 편하게 읽을 수 있는 글쓰기 스타일

독자가 편하게 읽을 수 있는 글을 쓰려면 단순히 내 생각을 쏟아내는 것이 아니라, 독자의 눈과 마음을 편안하게 하는 글을 써 내려가야 한다.

앞부분에서 글을 '읽는'음악으로 생각하는 것에 대해 언급했었는데 글쓰기에도 음악처럼 고유의 리듬이 필요하다. 짧은 문장과 긴 문장을 자유롭게 섞어 쓰고, 시점을 유연하게 바꿔가며 글에 리듬을 불어넣는 것. 이는 마치 오선지 위를 오르내리는 음표들처럼 독자의 마음을 울리는 멜로디를 만들어낼 수 있기 때문이다.

나에게 글쓰기는 번지점프와 같다. 처음에는 두렵지만 한 번 뛰어들면 그 짜릿함에 빠져들게 된다. 그리고 그 경험은 독자에게도 전해져, 그들도 함께 그 감정의 롤러코스터를 탈 수 있게 된다. 이렇듯 비유와 예시의 사용도 중요하다. 추상적인 개념을 구체적인 이미지로 표현하면 독자는 그 의미를 더 쉽게 이해하고 오래 기억할 수 있다. 예를 들어, 글쓰기의 과정을 요리에 비유해 보자. 재료 선택은 주제 선정, 조리 과정은 글의 구성, 그리고 맛있는 요리의 완성은 독자에게 감동을 주는 글로 완전체가 된다.

 단락 간의 연결성도 놓치지 말아야 한다. 각 단락은 하나의 주제를 다루되, 전체적으로는 유기적으로 연결되어야 한다. 이는 마치 퍼즐 조각들이 서로 맞물려 하나의 그림을 완성하는 것과 같다. 중요한 키워드나 문구를 반복적으로 사용하여 독자의 이해를 돕고, 중심 아이디어가 전체 글에서 명확하게 드러나도록 해야 한다.

 또한 시각적인 요소의 활용도 글의 가독성을 높이는데 큰 도움이 된다. 적절한 행간 조절, 문단 나누기, 중요 포인트 강조 등은 독자의 눈을 편안하게 하고 내용 이해를 돕는다. 이는 마치 잘 정돈된 정원을 거니는 것처럼, 독자가 글 속에서 편안하게 산책할 수 있게 해준다.

무엇보다 중요한 것은 독자와의 소통이다. 글을 쓸 때마다 나는 독자와 대화를 나누는 듯한 느낌을 받는다. 마치 따뜻한 차 한 잔을 나누며 이야기를 나누는 것처럼, 편안하고 친근한 톤으로 글을 써 내려간다. 이렇게 하면 독자는 글을 읽는 것이 아니라 글을 '듣는' 것 같은 느낌을 받게 된다.

독자가 편하게 읽을 수 있는 글을 쓰는 것, 그것은 단순히 정보를 전달하는 것 이상의 의미를 지닌다. 그것은 작가와 독자 사이에 따뜻한 대화의 장을 만드는 것이며, 서로의 마음을 이해하고 공감하는 과정이다. 글쓰기의 나아감은 때로는 힘들고 어려울 수 있다. 하지만 그 과정에서 우리는 성장하고, 새로운 독자들과 소통하게 될 것이다.

2-4.

대화

1. 독자와의 대화 형식 글쓰기

공감 브랜딩의 필수 요소이며 글쓰기의 어려움을
극복하는 가장 좋은 방법은 '대화하는' 글쓰기이다.

먼저, **독자와 대화한다고 생각하며 글을 쓰는 것이
중요하다.** 친한 친구와 이야기를 나누는 것처럼 독자
의 반응을 상상하며 글을 전개해 나가는 것이 소통의
시작이다. 나는 독자가 어떤 부분에서 궁금증을 느낄
지, 어떤 부분에서 감동받을지, 혹은 어떤 부분에서
흥미를 느낄지를 미리 예측하고 그것을 글 속에 반영
하려 노력한다.

**소통이 필요하다고 생각이 들면 나는 '입장 바꿔 생
각하기 기술'을 자주 활용한다.** 거울 앞에 서서 나의
모습을 객관적으로 바라보는 것과 같다. 내가 독자가

되었다고 상상하고, 독자의 입장에서 궁금할 만한 것들을 생각해 본다. 단순한 기술이 아닌, 공감을 통해 독자의 니즈와 기대를 이해하려는 노력이다.

나에게 있어 가장 자연스러운 대화체는 내 경험을 바탕으로 할 때 나온다. 실제로 겪은 일들은 상세한 감정과 이미지를 담고 있어, 마치 독자와 함께 그 순간을 공유하는 듯한 느낌을 줄 수 있다.

예를 들어, 내가 처음 글을 쓰기 시작했을 때의 두려움과 설렘, 그리고 그 과정에서 느낀 성취감 등을 이야기하면, 독자들도 자신의 경험과 연결 지어 더 쉽게 공감할 수 있을 것이다.

독자의 참여를 유도하는 것도 중요하다. "왜?", "어떻게?" 등의 호기심을 자극하는 질문을 던지거나, "만약 당신이라면?"이라는 가정을 제시하면 독자들은 자연스럽게 자신의 생각을 이야기에 투영하게 된다.

그렇게 다시 한번 독자가 스스로 생각해 보게 만드는 질문을 활용하는 것도 효과적이다. 나는 주로 "당신은 ~ 인가요?" 라는 표현을 사용하여 독자가 자신의 입장에서 한 번 더 생각할 수 있는 질문을 만든다. 독자가 자신의 삶을 돌아보고 성찰할 수 있는 기회를 제공하는 것이다.

– 나를 지키는 방법

당신도 그런 적이 있나요?

나를 지키기 위해서, 소중히 하기 위해서
시작한 일이 되려 나를 상처 주는 계기가 되었던 일.
나는 나를 지키려고 시작했는데

(중략)

당신은요?

당신은,

당신을 지키는 방법은

어떤 건가요?

('어른이도 온기가 필요해 -P.100')

글의 시작과 끝도 중요하다. 독자의 이름을 부르며 시작하는 것은 마치 오랜 친구와의 대화를 시작하는 것과 같다. "안녕하세요, 여러분. 오늘 하루는 어떠셨나요?" 이렇게 시작하면 독자들은 마치 작가가 자신에게 직접 말을 걸어오는 듯한 친근함을 느낄 것이다. 그리고 마지막에는 "오늘도 행복한 하루 보내세요"라고 마무리하면, 독자들은 따뜻한 대화를 나눈 후의 여운을 느낄 수 있을 것이다.

이러한 대화 형식의 글쓰기는 나에게도 큰 의미가 있다. 글을 쓰면서 나는 나 자신을 더 깊이 이해하게 되고, 동시에 독자와의 연결을 통해 새로운 시각을 얻게 된다. 이는 마치 혼자서 하는 독백이 아닌, 세상과의 대화를 통해 성장해 가는 과정과 같다.

2. 소통을 통한 공감 형성

소통을 통해 독자들의 공감을 일으키기 위해 필요한 요소들은 무엇일까?

첫째로, 독자의 현재 상황과 감정을 이해하는 것이 중요하다. 독자가 느끼는 감정과 상황에 공감할 수 있을 때 비로소 그들의 마음을 사로잡는 문장을 쓸 수 있다. 나는 내 경험을 바탕으로 독자들이 공감할 수 있는 상황들을 떠올려본다. 처음 글을 쓰기 시작했을 때의 두려움과 설렘, 그리고 그 과정에서 느낀 성취감 등을 이야기한다면 많은 독자들이 자신의 경험과 연결 지어 공감할 수 있을 것이다.

다음으로, **다양한 관점을 이해하고 편견 없는 태도로 독자의 입장을 경청하는 것이 중요하다.** 다양한 색깔의 안경을 쓰고 세상을 바라보는 것과 같다. 독자의 연령, 성별, 문화적 배경, 경험 등을 고려하여 글을 쓰면 더 폭넓은 독자층과 소통할 수 있다. 나는 내 시각을 독자가 쉽게 공감할 수 있도록 전달하고, 독자가 처한 다양한 상황과 감정을 존중하려 노력한다.

소통을 통해 공감을 이끌어내는 가장 효과적인 방법은 내가 겪은 경험을 진솔하게 나누는 것이다. 내가 실제로 겪었던 어려움이나 기쁨을 솔직하게 말하면, 독자들은 그것에 쉽게 공감하고 이해한다. 그리고 그들 또한 비슷한 경험을 떠올리게 되어 자연스럽게 공감대가 형성이 된다.

글이 책이 되기 위해선 피드백을 받고 퇴고하는 과정도 중요하다. 피드백을 통해 내 글의 장단점을 파악하고, 수정이 필요한 부분은 고치며 살릴 부분은 더욱 발전시킨다. 이 과정을 통해 글의 일관성과 흐름을 유지하면서도, 독자들에게 보다 감동적이고 공감할 수 있는 글을 제공할 수 있다.

공감은 독자와의 관계를 형성하는 가장 강력한 도구다. 독자가 내 글을 읽고 "이 작가는 나를 이해하는

구나"라고 느낄 때, 그 글은 더 이상 단순한 텍스트가 아니라 독자의 내면에 깊은 인상을 남긴다. 이는 마치 서로의 마음을 연결하는 보이지 않는 실과 같다.

나에게 글쓰기는 자기 성찰의 과정이기도 하다. 글을 쓰면서 나는 나 자신을 더 깊이 이해하게 되고, 동시에 독자와의 소통을 통해 새로운 시각을 얻는다.
혼자서 하는 독백이 아닌, 타인과의 대화를 통해 성장해 가는 과정과 같다.

기본

1. 기본적인 글쓰기 규칙과 예절

글은 사실 나의 흔적이다. 그리고 내 삶의 궤적이다. 내가 남긴 흔적이 아름답고 의미 있게 남을 수 있다면 나는 어떤 규칙과 예절을 지켜야 할까?

문법과 맞춤법의 중요성에 대해 생각해 보았다.
문법과 맞춤법은 글의 의미를 정확하게 전달하는 데 필수적이다. 보이지 않지만 전체 구조를 지탱하는 중요한 역할을 한다. 나는 글을 쓸 때마다 문법과 맞춤법에 신경 쓰려고 노력한다. 그것이 독자에 대한 최소한의 예의이다.

나는 글이 작가의 얼굴이라고 생각하는 편이다.
일기가 아닌 독자와 책으로 만나보는 '글' 이기에 사람과 사람 사이의 예의범절이 있듯이 작가와 독자 사이에는 '글' 안에서 기본적인 예의는 있어야 한다. 그렇기에 맞춤법과 문법 등은 작가와 독자 사이의 기본적인 예의이고 인사다. 그럼에도 불구하고 종종 맞춤법과 어법이 엉망으로 보일 정도의 '글'을 보게 되면 이 사람은 독자를 보지 않고 자신만을 생각한 '책'을 만들었을 뿐이구나 하고 스스로 실망하게 되는 경우가 있다.

문법은 문장의 뼈대와 같아서 우리가 전달하고자 하는 생각과 느낌을 올바르게 표현하게 도와준다. 반면에 맞춤법은 그 문장을 구성하는 단어들이 정확하게 이해될 수 있도록 해준다. 이 두 가지가 제대로 지켜지지 않으면, 마치 퍼즐 조각이 맞지 않는 것처럼 글의 전체적인 의미가 왜곡될 수 있다.

다음으로, 출처를 밝히는 것의 중요성에 대해 생각해 보았다. 자신의 아이디어와 타인의 아이디어를 명확히 구분하는 것은 글쓰기의 기본적인 예의이다. 나는 글을 쓸 때마다 인용한 부분은 따옴표로 구분하고, 해당 문장이 어디서 왔는지 구체적으로 밝히려고 노력한다.

언어 선택에 있어서도 신중을 기해야 한다. 상황에 맞는 적절한 옷을 고르듯, 독자를 배려하는 마음으로 적절한 언어를 선택해야 한다. 나만 아는 단어나 문장이 아닌 누구나 쉽게 알 수 있는 단어나 문장으로 표현하는 것이 좋다. 그러면서도 나만의 독창적인 표현을 통해 글의 특색을 살리는 것도 중요하다.

그렇기에 **내게는 사실과 의견을 구분하는 것도 중요한 규칙이다.** 사실은 객관적으로 검증 가능한 정보이고, 의견은 개인의 주관적인 생각이다. 나는 글을 쓸 때마다 이 둘을 명확히 구분하려고 노력한다. 특히 민감한 주제에 대해 글을 쓸 때는 한쪽에 편향되지 않고 균형 잡힌 시각을 유지하려고 한다.

이러한 기본적인 글쓰기 규칙과 예절을 지키는 것은 때로는 어렵고 번거로울 수 있다. 하지만 꾸준한 연습을 통해 이러한 규칙과 예절이 자연스럽게 몸에 배면 더 단단하고 눈길이 가는 글을 쓸 수 있게 된다.

2. 글의 구조와 흐름 잡기

"글의 구조와 흐름을 잡기 위해 필요한 요소들은 무엇일까?"

나에겐 나만의 ABC 법칙이 있다.

내게 있어 이 법칙은 연애의 법칙과도 같다.

A: 어프로치(Approach)

서론, 상대방을 알게 되고 파악하고 시작하는 단계.

B: 브리핑(Briefing)

본론, 공감대를 형성하고 서로를 알아가는 단계.

C: 클로징(Closing)

결론, 관계성을 형성하는 단계.

나는 주로 이 구조를 따라 글을 구성해 나간다.

글도, 사람과 사람이 알아가는 의사소통이니까.

그 다음은 단락 간의 연결이다. 나는 주로 문장 끝을 흐리게 처리하거나 대화체로 자연스럽게 연결하는 방법을 사용한다. 커다란 의견이나 사건은 세부적인 대화나 묘사로 천천히 독자의 관심을 끌고 나가며, 단락 간의 흐름을 끊기지 않게 해준다. "그리고", "따라서", "그 결과" 같은 연결어를 사용하면 독자는 어디서부터 어디로 이동하고 있는지 더욱 명확하게 이해할 수 있게 된다.

글의 다양성을 유지하는 것도 중요하다. 주제를 설정할 때 그에 관련된 세부 목차를 만들고 다양한 예시를 드는 것이 좋다. 하나의 중심 주제를 설정한 후 여러 작은 주제로 나누어 다양한 각도로 접근할 수 있다. 이렇게 하면 주제를 일관되게 유지하면서도 글의 내용이 풍부해지고 다른 관점에서 바라볼 수 있는 기회를 제공한다.

또한 **글의 속도 조절도 중요하다.** 연애의 언어로 치면 '밀당'과도 같다. 적절한 속도를 유지하거나 불시에 의문을 보이거나, 문장의 유형을 다양하게 바꾸어 나가는 것이 좋다. 이렇게 독자의 관심을 끌어들일 수 있는 여러 가지 기법을 활용하면 독자들은 글에 대한 흥미를 잃지 않고 계속해서 읽어나갈 수 있다.

 마지막으로, 결론 작성에 대해 생각해 보았다.
 결론은 음악 연주의 마지막 음표와 같다. 간결하게 주제와 핵심 메시지를 다시 한번 강조하는 것.
 독자에게 마지막 인상을 남기는 부분이기 때문에 주제가 자연스럽게 다시금 드러나도록 마무리를 짓는 것이 좋다.

 이러한 글의 구조와 흐름을 잡는 과정은 때로는 어렵고 복잡할 수 있다. 하지만 이는 마치 퍼즐을 맞추는 것과 같다. 각각의 조각들을 올바른 위치에 놓다 보면, 결국 아름다운 전체 그림이 완성된다.

2-6.
미소

1. 유머와 친절을 담은 글쓰기

나는 오늘도 빈 종이 앞에 앉았다. 이번에는 단순히 내 생각을 쏟아내는 것이 아니라, 유머와 친절함으로 가득 찬 글을 써 내려가야 한다.

"그렇다면 유머와 친절함을 담은 글쓰기를 위해 필요한 요소들은 무엇일까?"

먼저, **유머를 담은 글쓰기이다.** 내가 들은 이야기일지라도 실제로 겪은 일처럼 리얼하게 표현하는 것이 중요하다고 나는 생각한다. 그래야 독자들도 마치 내가 경험한 것처럼 공감하고 웃을 수 있기 때문이다. 무대 위의 코미디언이 관객과 함께 호흡하는 것처럼, 리얼한 표현은 독자들의 마음을 사로잡는 열쇠가 된다.

또한, 각각의 상황을 고려해서 적당한 유머를 도입해야 한다. 심각한 상황에서 과도한 유머는 오히려 독자들을 혼란스럽게 만들 수 있다. 적절한 순간에 적절한 농담을 던지는 것, 이것이 바로 유머의 핵심이다. 이는 마치 요리에 넣는 향신료와 같다. 적당히 넣으면 음식의 맛을 살리지만, 너무 많이 넣으면 오히려 음식을 망칠 수 있다.

나는 글에서 유머러스하고 친절함을 동시에 담으려면 '언어유희'가 적당하다고 생각한다. 너무 진지하지도 너무 가볍지도 않은 친절함. 유영만 교수의 책에 이런 글귀가 나온다, 모든 편견은 내장에서 나온다고. 대놓고 유머러스하지는 않지만 결국 나의 내면, 내 속에서 나오는 것이라는 작가의 메시지가 담겨 있다.

다음으로, 친절함을 담은 글쓰기에 대해 생각해 보았다. 나는 독자의 입장에서 생각하며 그들의 관심사와 필요를 이해하는 것이 중요하다고 믿는다. 비관적이거나 부정적인 말투보다는 긍정적이고 부드러운 말투를 쓰고, 친근한 느낌을 주는 말투가 효과적이라고 생각한다.

나에게 있어 가장 중요한 것은 '감사함'이다. 어릴 때부터 공부를 잘하라는 말 대신 인사를 잘해야 하고 감사할 줄 알아야 한다고 들으며 성장했다. 이로 인해 나는 어떤 일에도 굴하지 않고 늘 긍정적인 사람이 되었다. 감사함은 마치 마법의 씨앗과 같다. 그것을 심으면 어디서든 긍정의 꽃이 피어난다.

긍정과 웃음은 전염성이 빠르다. 어려움도 기회로 삼고 감사함으로 인해 긍정적인 요소가 늘어날 거라고 나는 믿는다. 감사함은 삶에서 일어나는 작은 기적들을 더 잘 인식하게 해준다. 네거티브한 순간조차 가볍게 받아들이며 배우는 기회로 삼을 수 있다. 일상 속 작은 감사함을 찾는 것만으로도 나의 삶의 질은 크게 향상될 수 있다.

내게 유머와 친절함을 담은 글쓰기에서 가장 중요한 것은 너무 짜지도, 싱겁지도 않게 '유지'하는 것이다. 상황과 분위기에 맞는 적절한 유머와 친절함을 유지하는 것은 글을 보다 부드럽고 즐겁게 만들어 줄 수 있다.

나는 글을 쓸 때마다 내 개인적인 경험이나 에피소드를 공유하면서도 진솔함을 담아내려고 노력한다. 친구에게 '너만 알고 있어야 해'라는 방식으로 비밀을 털어놓는 것처럼. 이 방식은 작가와 독자와의 거리감을 좁혀주고, 자연스럽게 공감을 이끌어낼 수 있는 계기가 된다.

또한 어려움이나 힘듦이 있어도 희망적이고 긍정적인 메시지를 주는 것이 중요하다. 마치 만화 '들장미 소녀 캔디'처럼 이야기가 가혹할 때라도 결국 긍정적인 성장을 보여주며 희망을 전달하는 것이다.

나는 내 글에 늘 온기를 스며들게 하려고 노력한다.

독자분들이 따스함을 느끼고 살며시 미소 짓길 바라면서.

2. 긍정적인 메시지 전달하기

"내가 남긴 흔적이 독자의 마음에 따뜻한 미소를 남길 수 있도록, 나는 어떻게 긍정적인 메시지를 전달해야 할까?"

회복탄력성이라는 개념에 대해 생각해 보았다. 나는 이 말을 굉장히 좋아한다. 회복탄력성은 마치 고무공과 같다. 아무리 세게 바닥에 부딪혀도 다시 튀어 오르는 힘, 그것이 바로 회복탄력성이다. 이 힘을 기르게 되면 자연스레 부정적인 상황을 긍정적인 상황으로 재해석할 수 있게 된다.

우리가 예상치 못한 실패나 고난을 마주하게 되더라도 그것을 단순한 좌절로 받아들이기보다는 새로운 기회를 찾아볼 수 있게 된다. 겨울의 추위를 견디며 봄을 기다리는 나무처럼 어려움 속에서도 새로운 성장의 기회를 발견하는 것, 그것이 바로 회복탄력성의 힘이다.

회복탄력성을 기르기 위해서는 무엇보다 내 스트레스를 푸는 탈출구를 하나는 반드시 갖추고 있어야 한다. 쌓아두면 시한폭탄마냥 언제 터져서 나를 망가뜨릴지 모르기 때문이다. 그러므로 스트레스를 해소할 수 있는 취미나 운동, 혹은 명상 같은 자기만의 방법을 찾아 지속적으로 실행하는 것이 중요하다.

다음으로, 독자의 상황과 감정을 이해하고 공감하는 것이 중요하다고 생각한다. 독자의 이야기가 존중받고 있다는 느낌을 줄 때, 우리의 메시지는 단순한 위로 이상의 의미를 가지게 된다.

나는 글을 쓸 때마다 옆에서 이야기를 들어주는 친구처럼 접근하려고 노력한다.

"나도 당신과 비슷한 감정을 느낄 만한 경험을 했어요. 그래서 당신의 마음을 조금은 알 것 같아요. 힘내세요." 이런 메시지를 전하는 것이 글에서 공감을 일으키는 방법이라고 믿는다.

또한, 문제점을 언급하는 것으로만 그치지 않고, 그것을 최대한 긍정적인 방향으로 개선할 수 있는 방안을 제시하는 것이 중요하다. 비판을 할 때에는 상대방의 관점을 이해하려고 노력하고, 감정적인 언어를 피하며 사실에 근거한 논리적인 접근을 하는 것도 필요하다.

내가 즐겨 쓰는 글쓰기를 묻는다면 나는 일상 속 소소한 순간들에 따스함을 불어넣는 언어로 글쓰기를 하려고 노력한다. 주로 일상의 사소한 순간들을 따뜻하고 긍정적인 감정 언어를 통해 표현함으로써 독자들에게 공감과 위로를 전달하려고 노력한다.

-엄마의 빨간 구두

구두를 신으면
어른이 되는 줄 알았는데 아니었고

맞지 않는 신발에

억지로 발을 끼워 넣는다고 맞는 게 아니더라

뭐든지 타이밍이 있고

거쳐야 하는 과정이 있고

그 시간 속에서

나라는 사람의 단단함이 만들어진다는 것을

엄마의 빨간 구두가

내 발에 딱 맞아 들어갈 때야

그제야, 알게 되더라.

('어른이도 온기가 필요해 -P.156')

2-7.
사람

1. 사람에 대한 이야기를 다루는 법

사람에 대한 이야기를 다루기 위해서는 인물의 성격부터 파악하는 것이 중요하다.

일단은 그 사람이 외향적인지, 내향적인지부터 구별을 해두고, 공간적, 시각적인 부분도 인물의 상황 배경으로 설정한다. 그리고 내면을 표현할 방법을 생각해 낸다.

나는 종종 마치 스무고개를 하듯이 그 '인물'과 대화가 오고 간다고 상상하며 몰입한다.

이 과정에서 인물의 성격적인 부분과 행동 방식을 일상적인 면에서 주의 깊게 관찰하며, 그들이 처한 상황을 허구적으로 재구성해 본다. 잠시 인물의 입장이 되어 그들의 감정과 생각을 읽어내려 하면, 더욱 풍부하고 심도 있는 내면 묘사가 가능해진다.

다음으로, 실존 인물을 다룰 때의 윤리적 문제에 대해 생각해 보았다. 개인정보 보호와 실존 인물의 동의는 필수라고 생각한다. 지나친 부정적인 면은 없어야 하며, 실제 인물의 삶을 왜곡하거나 부정적으로 그리는 것은 그 사람의 명예를 훼손할 수 있다.

앞날이 없는 삶이란 없습니다, 누구에게나 가야 할 길이 있기 마련인 건데.

앞이 보이지 않는다고 해서 보이지 않는 것이 아니라 보지 못하고 있을 뿐인 것이었습니다.

누군가가 저에게 보이는 게 전부라고 말한다면 나 자신의 장단점을 빠르게 인지하고 좋고 싫음을 인정할 줄 알아야 한다고 말해주고 싶습니다.

마음의 눈을 키우면 내가 보는 시야도 달라진다고, 내 세상이 달라진다고도 꼭 말해주고 싶습니다.

('어른이도 온기가 필요해 –P.124')

예시로 들자면 첫 데뷔작인 에세이집에서 나는 '참참참' 이라는 글을 썼었다. 시각 장애인 신부와 일반인

신랑의 예식을 진행한 실제 경험을 한 편의 에세이로 만들었었는데 회사에도 내가 시각 장애인 예식은 첫 사례였기에 더욱 조심스럽고 신중할 수밖에 없었다. 보이지 않는 데 행복을 느끼는 게 가능한 걸까? 라는 의문이 들었으나 이 예비부부의 예식을 준비하며 그 의문은 언제 그랬냐는 듯이 사라졌고 '참모습, 참마음, 참사랑'이라는 뜻의 '참참참'이라는 단어가 떠올라서 이 에피소드의 제목을 참참참으로 지었었다.

이렇듯 내 감정이 그 인물을 만드는 데 있어 사적인 부분이 들어가는 것도 조심해야 한다. 객관성을 유지하는 것이 중요하며, 아무리 작가 자신의 느낌이나 생각이라 해도 객관적인 시각을 잃지 않아야 한다. 이는 독자들에게도 공정하고 신뢰할 수 있는 정보를 제공하는 데 필수적이다.

인물의 변화와 성장을 그리는 것도 중요하다. 나로 바꿔서 생각해 본다면, 일상을 보내면서도 갈등이나 절정 부분이 필요하다. 즉, 매일의 일상 속에서도 크고 작은 문제들이 발생하고, 그 문제들을 어떻게 해결하는지 보여주는 과정은 매우 중요하다.

　사람에 대한 이야기를 다루는 부분에선 나의 일상을 훔쳐보는 듯한 독자들도 공감할 수 있을 만한 갈등과 고민이 있어야 하며, 그 갈등 속에서 성장하고 변화하는 모습을 자주 드러내야 한다. 그래야 독자들도 자기 자신의 고민이나 갈등을 다시 바라보게 되고, 스토리에 몰입하면서 공감할 수 있게 된다.

　시점의 선택도 중요하다. 시점은 카메라의 앵글을 선택하는 것과 같다. 나는 에세이를 쓸 때 1인칭 시점이나 3인칭 시점이 자연스럽게 느껴진다. 1인칭 시점에서는 작가 본인의 경험과 감정을 직접적으로 표현할 수 있어 독자들이 더 쉽게 공감할 수 있기 때문이다. 반면 3인칭 시점에서는 작가가 더 큰 관점에서 이야기를 풀어나갈 수 있다.

2. 독자와 인물 간의 연결고리 만들기

"내가 남긴 흔적이 독자의 마음에 깊이 새겨질 수 있도록, 나는 어떻게 독자와 인물 간의 연결고리를 만들어야 할까?

인물의 성장 과정을 보여주는 것, 그 과정을 통해 독자들이 공감할 수 있는 다양한 감정과 상황을 제시하는 것이 효과적이라고 생각한다. 이야기의 진행 중 인물이 겪는 역경과 극복 과정, 그리고 성취를 통해 그 인물이 어떻게 변화하고 성장했는지를 명확히 보여주는 것이 중요하다. 인물의 휴먼적인 면모를 강조하면서, 독자가 그 인물과 함께 웃고 울며 공감할 수 있는 기회를 제공하는 것이다.

나는 주로 자기독백 (내적독백) 방식을 즐겨 사용한다. 자기독백체는 내가 스스로 나에게 이야기하는 듯한 화법이다. 이 방식은 인물의 심리 상태나 감정을 깊이 있게 표현할 수 있어서 독자가 인물의 입장이 되어 생각해 보게 한다. 1인칭 시점이기에 더욱 감각적으로 독자에게 와닿을 수 있는 장점이 있다.

인물의 배경을 설정하는 것도 중요하다. 인물의 배경은 공연 무대를 꾸미는 것과 같다. 단지 배경을 설명하는 것에 그치지 않고, 그 인물이 그 배경 속에서 어떻게 살아가고 어떤 영향을 받는지를 구체적으로 그려내는 것이 중요하다. 실제 그 인물이 존재하는 것처럼 독자가 몰입할 수 있을 만큼 리얼하게 캐릭터를 표현해야 한다.

동전의 양면과 같이 인간은 누구나 장단점을 가지고 있기 때문에, 이를 현실감 있게 그려내면 독자들이 그 인물에게 더욱 공감할 수 있다.

사랑과 희생의 모습을 그려내는 것도 중요하다.

누군가를 진심으로 사랑하고 그 사람을 위해 희생하는 모습은 어느 시대, 어느 문화에서나 가장 인간답고 아름다운 모습이기 때문이다. 꽃이 피어나는 것처럼 사랑을 나눌 줄 아는 능력과 마음은 시대나 공간을 초월해 누구나 공감할 수 있는 중요한 특성이다.

2-8.

사랑

1. 사랑을 주제로 한 공감 글쓰기

"사랑을 주제로 한 공감 글쓰기를 위해 필요한 요소들은 무엇일까?"

내가 저 사람의 입장이었다면 어땠을까 생각해 보는 것이다.

거울 속의 나를 바라보는 것처럼 이런 마음가짐은 사랑의 기쁨과 아픔을 더욱 깊이 이해하게 만들어 준다. 기쁨과 아픔은 따로 떨어져 있는 것이 아니다. 이둘은 언제나 하나로 연결되어 있으며, 서로를 더 잘이해하기 위한 도구가 되어준다.

나는 글을 쓸 때마다 사랑을 표현하는 독특한 방식을 찾으려고 노력한다. 둘만이 이해할 수 있는 특별한 암호나 기호를 만들어보는 것도 좋은 방법이다. 이렇게 하면 더 깊이 있는 관계를 만들 수 있을 뿐만 아니라, 그 관계의 특별함을 더욱 강조할 수 있다.

상대방을 잘 관찰하고 이해하는 과정, 그 사람의 취향, 습관, 그리고 일상 속에서 중요한 순간들을 주의 깊게 살펴본다면, 그 입장에서 생각하고 배려할 수 있는 여지가 더 많아진다. 그렇게 하면 단지 표면적인 말이나 행동이 아니라, 진심으로 마음을 담은 사랑의 표현이 될 수 있다.

사랑에 대한 다양한 관점을 한 글에서 다루는 방법으로는 여러 등장인물들이 서로의 경험과 견해를 나누며 이야기를 진행하는 연애 토론 형식을 취할 수 있다. 이는 마치 다양한 색깔의 실로 하나의 천을 짜는 것과 같다. 이런 방식을 통해 각기 다른 사랑의 모습을 다채롭게 보여줄 수 있으며, 독자들이 각 등장인물의 관점을 이해하고 공감하기 쉽다.

또한, 등장인물이 역경과 고난을 딛고 성장해 나가는 방식의 이야기를 펼쳐나가는 방법도 자연스럽다. 주인공이 처음에는 부족한 점이나 약점을 가지고 출발하지만, 여러 가지 시련과 도전을 통해 자신을 극복해 나가는 과정을 통해 성숙해지는 모습을 보여주는 것이다.

이러한 방식으로 성장과 변화를 그리는 이야기는 독자들에게 감동을 줄 뿐만 아니라, 누구나 어떤 시련을 겪더라도 노력과 의지를 통해 극복할 수 있다는 희망적인 메시지를 전달할 수 있다.

2. 사랑의 다양한 형태와 표현

사랑의 다양한 형태와 표현을 글로 담아내기 위해서 사랑의 가장 큰 구분점은 에로스적인 요소라고 생각한다. 에로스적 사랑은 다른 형태의 사랑과는 확연히 구분되는 불꽃과 같은 모습으로 독특한 감정을 동반한다. 나는 이 감정을 글로 표현할 때마다, 심장이 뜨거워지는 기분이 든다.

우리, 서로가 서로의 나침반이라는 의미를 가지는 건 어떨까요.

만약 길을 잃은 것 같다면 겁먹지 말고 그때마다 한 번씩 마음껏 웃어주세요,

내가 당신의 미소를 하나씩 건져 올려 당신을 찾아 갈 테니.

('어른이도 온기가 필요해 -P.164')

친밀도의 차이도 사랑의 형태를 구분 짓는 중요한 요소다. 가족 간의 사랑은 마치 깊은 뿌리와 같아서, 무조건적이고 희생적인 요소가 두드러진다. 우정은

서로를 지지하는 든든한 기둥과 같으며, 상호 이해와 공감, 그리고 공유된 경험이 중요한 역할을 한다. 그리고 연인 간의 사랑은 마치 춤을 추는 것과 같아서, 몸과 마음의 친밀함, 둘만의 독특한 유대가 더해진다.

사랑은 또한 문화적 배경과 밀접한 관련이 있다. 상대방을 진심으로 사랑한다면 그 사람의 문화적 배경 또한 존중해야 하고, 서로의 차이를 인정하며 맞춰가는 배려가 중요하다. 나는 글을 쓸 때마다 이 점을 염두에 두려고 노력한다.

조건 없는 사랑과 이해관계가 얽힌 사랑의 차이도 중요한 주제다. 조건 없는 사랑은 상대방의 모든 결점과 단점을 무조건적으로 이해하고 받아들인다. 반면에 이해관계가 얽힌 사랑은 상황에 따라 변할 수 있는 불완전한 요소가 존재한다.

자기애와 타인에 대한 사랑의 관계도 흥미로운 주제가 된다. 자신을 있는 그대로 받아들이는 것은 자기

애의 시작점이며, 곧 타인에 대한 깊이 있는 사랑으로
이어질 수 있다. 나는 글을 쓸 때마다 이 점을 강조하
려고 노력한다.

**사랑의 다양한 형태를 표현하기 위해 또 어떤 기법
이 있을까?**

나는 종종 시나리오나 희곡 극작 기법을 활용한다.
이 기법들은 내가 무대 위에서 다양한 배역을 연기하
는 것과 같이 느껴진다. 이러한 기법을 통해 독자나
관객은 다양한 입장과 관점을 직접 체험할 수 있게
되며, 이는 더욱더 공감대를 형성하기 용이하다.

2-9.

삶

1. 삶의 의미를 글로 담아내기

내가 남긴 흔적이 독자의 마음에 삶의 의미에 대한 깊은 울림을 줄 수 있도록, 그런 공감이 가는 글을 쓰고 싶다는 생각이 들었다.

그러려면, 목표나 꿈을 가지고 꾸준히 나아가는 태도가 중요하다고 생각한다. 가는 길이 험난하고 장애물이 많을지라도, 정상을 향해 한 걸음씩 나아가는 것이다. 인생은 계획한 대로 흘러가지 않을 때조차 무언가를 배울 수 있는 가치가 존재한다. 처음에는 혼란스러워 보이지만, 조각을 하나씩 맞춰가다 보면 전체 그림이 드러나는 것처럼, 삶의 의미도 조금씩 이해하게 된다.

잔잔하게 글을 써 나가다 가도 오늘을 다시 한 번 돌아보며 나를 돌아보는 글을 써보는 것도 좋지 않을까? 하루 동안 겪은 작은 기쁨이나 사소한 고민들을 글 속에 녹여내며, 그러한 경험들이 나에게 어떤 의미를 주었는지 천천히 생각해 보는 것이다.

피하고 싶은 '지금'이라는 이유로 자기 자신을 스스로 옭아매지 않기를.

(작가의 '메모장' 중에서)

나는 내가 겪었던 경험들을 생각하며 이야기를 풀어나가는 방식을 즐겨 사용한다.

영화에서처럼 시간 여행을 떠나듯이 과거의 순간들을 되돌아보며, 그 속에서 의미를 찾아내는 것이다. 이렇게 하면 독자들이 더 쉽게 이야기에 공감하고 몰입할 수 있다.

심리적인 묘사를 하는 글쓰기도 삶의 의미를 탐구하는 데 효과적이다. 마음의 풍경화를 그리는 것처럼 인간의 감정과 내면세계를 깊이 파고들면 독자들이 자신만의 해답을 찾는 데 큰 도움이 될 수 있다.

　나의 펜 끝에서 시작되는 삶의 의미에 대한 탐구, 그것이 세상을 조금 더 이해하고 풍요롭게 만들 수 있다는 것을 내 글을 읽어주는 독자분들에게도 느끼게 해 드리고 싶다.

2. 삶의 다양한 측면을 다루는 방법

모든 반대어는 자석의 양극처럼 결국 하나로 연결되어 있다는 점을 생각해 본다. 성공과 실패, 행복과 불행, 이 모든 것들이 서로 맞닿아 있는 것이다. 나는 글을 쓸 때마다 이 점을 강조하려고 노력한다. 그리고 자기 자신부터 스스로 수용하고, 긍정적인 부분을 키워내는 것이 중요하다. 우리는 우리의 약점이나 실수를 인정하고, 그것을 성장의 기회로 삼아야 한다.

균형 잡힌 삶을 위해서는 이러한 양면성을 받아들이고 이해하는 것이 중요하다.

나는 내가 살아온 과정을 시간의 흐름에 따라 이야기하듯, 대화하듯 자연스럽게 풀어나가는 기법을 즐겨 사용한다. 한 사람의 일생을 차근차근 보여주면서, 독자들이 마치 그 주인공의 삶을 옆에서 지켜보는 것처럼 느낄 수 있게 하는 것이다.

그러기 위해서 **나는 나만의 캐릭터를 통해 글에서, 그림에서 자기투영을 하는 편이다.**

캐릭터 창조를 통한 자기 투영도 효과적인 방법이기 때문이다. 캐릭터 창조 과정에서 나 자신을 투영함으로써 더 깊이 있는 인사이트를 도출할 수 있을 뿐만 아니라, 다양한 테마와 삶의 측면을 통합적으로 다루는 데도 굉장히 용이하다.

삶의 측면을 보인다면 서사가 빠질 수 없는 것처럼, 서사가 있는 시점의 글쓰기도 중요하다. 1인칭 시점에서는 독자가 주인공의 내면과 감정 변화에 더 직접적으로 공감할 수 있게 되며, 3인칭 시점에서는 보다 객관적이고 전반적인 이야기를 펼쳐 보일 수 있는 장점이 있다.

글만이 아니라 모든 예술 형태를 통해 삶의 다양한 측면을 표현할 수 있다는 점도 고려해야 한다. 그림은 색채와 형태를 통해 감정을 시각적으로 표현하고, 음악은 멜로디와 리듬으로 사람들의 마음을 움직인다.

영화는 스토리와 비주얼을 통해 복잡한 삶의 문제를 탐구하며, 공연 역시 무대 위에서 다양한 이야기를 생생하게 전달한다. 그렇듯 그림, 음악, 영화, 공연 등 모든 예술 형태 또한 각기 다른 방식으로 사람들의 삶의 상황을 반영하고, 감정과 생각을 전달하는 도구로 사용된다.

2-10.
관계

1. 사람들 간의 관계를 중심으로 글쓰기

"사람들 간의 관계를 중심으로 어떻게 글을 써야 공감이 잘 될까?"

첫째로, 상대방에게 온전히 집중하고 그의 기분을 글로 써서 풀어나가는 것이 중요하다고 생각한다. 그건 타인의 마음속으로 들어가 그의 눈으로 세상을 바라보는 것과 같다. 상대방의 입장에서 감정을 세밀하게 관찰하고, 자신이 그 상황에 처해 있다면 어땠을지를 깊이 생각해 보는 것이다.

등장인물을 직선이 아닌 곡선의 방식으로 표현하는 것도 좋은 방법이다. 나는 곡선 같은 사람을 좋아한다. 일관성 있게만 균형 잡힌 것보다는 역동적이고 변화와 감정기복이 있는 사람이 더 생기 있어 보이기 때문이다.

대화하는 상황에서 보이는 상대방의 표정이나 몸짓, 그리고 가능하면 감정까지 묘사해 주는 것도 필요하다. 그들의 얼굴에 드리워진 미세한 표정 변화나 손짓, 몸의 자세 등의 비언어적 행동을 세밀하게 관찰하고 기록함으로써, 글 속에서 독자들이 그 순간의 감정을 더 깊이 느낄 수 있도록 도울 수 있게 된다.

둘째는, 갈등과 화해의 과정을 통해 관계의 본질을 파악하는 것도 중요한 요소다. 이 과정을 겪다 보면 자연스럽게 이해, 회복, 관찰, 동요 등의 감정이 생기게 되는데, 바로 그와 같은 감정들은 그 과정에서 이미 드러난다고 생각한다. 나는 이러한 과정을 믿고 있기 때문에, 갈등과 화해의 과정을 통해 결국에는 서로를 더 잘 이해하고 배려할 수 있게 된다고 확신한다. 이러한 감정을 경험하며 상대방의 입장에 대해 더 깊이 이해하고, 궁극적으로는 관계의 본질을 파악하는 데 도움이 된다.

2. 관계 속에서 공감을 끌어내는 법

관계 속에서 공감을 끌어내려면 먼저, 작가의 가치관이 작품에 녹아 있어야 한다고 생각한다. 작가의 가치관이 캐릭터와 사건을 통해 효과적으로 전달된다면, 그 가치관에 공감하는 독자들은 더욱 깊이 작품에 빠져들게 된다. 나는 글을 쓸 때마다 내 가치관을 자연스럽게 녹여내려고 노력한다.

에세이나 산문집 형식의 글쓰기도 독자들의 공감을 얻는 데 효과적이다. 개인의 경험과 감정, 일상의 소소한 순간들을 담고 있어 독자들이 쉽게 자신을 대입하며 공감할 수 있는 요소가 많기 때문이다. 나는 종종 에세이 형식으로 글을 쓰며, 내 경험을 바탕으로 한 이야기를 풀어내곤 한다.

그중에서도 작가의 경험과 생각이 녹아 있는 글이 가장 효과적이라고 믿는다. 작가가 자신만의 독특한 경험과 생각을 글에 녹여내면, 그 글은 자연스럽게 독자에게 다채로운 관점과 깊이를 제공한다. 나는 글을 쓸 때마다 내 삶에서 얻은 통찰과 감정을 담아내려고 노력한다. 그 부분에서 상대방의 입장을 먼저 헤아려 주는 것도 중요하다.

"작가님의 온기는 본인도 독자도 따뜻한 휴식처가 되어 주기로 했나 봅니다. 졸업장 없는 세상에 잠시 기댈 곳이 되어 주기로 했나 봅니다. 어른이 되고서는 놀이터를 지나가도 내가 있을 곳이 아니라는 생각이 들었는데 이 책을 읽고서 나는 겉만 어른이라는 이름이고 아직 속은 어른아이구나, 그래서 나도 놀이터에 가도 되는구나, 마음껏 쉬고 싶을 땐 쉬어도 되는구나 라는 걸 새삼 깨달았습니다."

(작가의 '어른이도 온기가 필요해'의 후기 일부)

"나는 당신과의 사소한 순간도 기억한다" 는 듯이 상대방이 어떤 감정을 느꼈는지, 어떤 상황에서 어떤 생각을 했는지를 공감하며 표현해 보는 것이다.

이러한 방법들을 통해, 우리는 단순히 정보를 나열하는 것이 아니라 하나의 관계와 상황을 다양한 각도에서 바라볼 수 있는 기회를 독자에게 제공할 수 있다. 여러 각도에서 반사된 이미지들이 모여 하나의 풍부한 그림을 만들어내는 것처럼, 다양한 관점과 경험이 모여 깊이 있는 공감을 만들어낸다.

2-11.

수용과 포용

1. 다른 의견과 감정을 수용하는 글쓰기

다른 의견과 감정을 수용하는 글을 쓰기 위해서는 먼저, 대화법이 가장 자연스럽다고 생각한다. "나는 이렇게 생각하는데, 너는 어떻게 생각하니?"라는 듯한 주고받음의 글쓰기는 독자가 글을 더 쉽게 이해할 수 있게 도와준다. 나는 글을 쓸 때마다 이러한 대화형 문체를 사용하려고 노력한다.

등장인물이 고정관념을 깨기 위해 고군분투하는 서사가 담긴 소설 기법도 효과적이다. 힘든 과정을 거쳐 정상에 오르듯, 등장인물이 편견과 싸우며 성장하는 모습을 그려내는 것이다.

이 과정을 통해 독자들은 그들과 함께 울고 웃으며 더 깊은 이해와 성찰을 할 수 있게 된다.

그런 부분에서 추리소설 형식도 다른 의견을 수용하는 데 적합하다. 하나의 사건을 주제로 여러 등장인물이 각자 다른 시각에서 바라보고 느끼는 바가 다르지만, 서로의 의견을 존중하는 모습을 그려낼 수 있다. 나는 이런 방식으로 글을 쓸 때마다 각 인물의 고유한 색깔을 부여하려고 노력한다.

또 다른 분위기의 글쓰기로는 논설문이나 토론 같은 스타일의 글쓰기도 효과적이다. 자기표현이 강하고 자신의 생각을 명확하게 달하면서도, 독자의 반대 의견을 예상하고 이를 수용하는 전략을 사용할 수 있다. 나는 글을 쓸 때마다 반대 의견이 있을 수 있는 지점을 미리 예상하고, 그에 대한 반박이나 타협점을 제시하려고 노력한다.

이러한 방법들을 통해, 우리는 다양한 의견과 감정을 수용하는 글을 쓸 수 있다. 서로 다른 색깔의 실들이 모여 하나의 풍부한 그림을 만들어내듯, 다양한 의견과 감정이 모여 더욱 깊이 있고 포용적인 글이 탄생한다.

2. 포용의 중요성과 표현 방법

포용의 중요성과 표현 방법을 알리기 위해서는 학교나 학원에서 주로 사용하는 글쓰기 기법을 활용하는 것이 효과적이라고 생각한다. 이론적인 부분을 먼저 설명하고, 그 후에 예시를 들어서 이해를 돕는 방식이다. 내가 겪은 포용 행동을 타인에게 공유하거나 전달하는 것도 중요하다. 포용 행동은 우리가 직접 경험한 가슴 따뜻해지는 순간들을 통해 더욱 효과적으로 전달될 수 있다.

예시문을 통해서 독자가 좀 더 알기 쉽게 풀어주는 것도 좋다. 예시는 독자들이 자신을 투영하고, 해당 상황에 대한 감정적 연결고리를 찾는 데 큰 도움을 준다. 나는 글을 쓸 때마다 구체적인 예시를 통해 독자가 이야기 속에 깊이 빠져들 수 있도록 유도하기도 한다.

지금은 내가 태어났던 아날로그 시대와는 많이 달라져서 영상 매체나 SNS를 활용하는 것도 좋은 방법이다. 이를 통해 다양한 문화와 배경을 가진 사람들의 경험을 생생하게 전달할 수 있고, SNS를 통해 포용에 대한 내 생각을 공유하고, 다른 이들의 경험도 들어볼 수 있기 때문이다.

포용에 있어 1인칭 시점의 글쓰기 또한 효과적이다. 작가가 자신을 표현하는 1인칭 시점의 글쓰기는 성장하는 시간적 흐름순에도 자연스레 스며든다. 이러한 방법들을 통해, 우리는 포용의 중요성과 그 표현 방법을 효과적으로 전달할 수 있다. 포용은 마치 큰 나무가 다양한 생명체를 품는 것과 같다. 서로 다른 모습과 생각을 가진 이들을 모두 받아들이고 존중하는 것, 그것이 바로 포용의 본질이다.

괜찮다고 생각했다.
이 정도 일로 스크래치가 생기지는 않는다고
그간 겪어 온 일들에 비하면 아무것도 아니라고
지금은 괜찮다고 생각했다

나는 타인에게 한없이 관대하면서

나에게는 한없이 야박한 타인이었다.

그래서 생각해 보았다.

누군가의 힘겨움을 위로해 주기 전에

내 마음부터 만져주고 안아주는 것부터 해보면

내가 나의 타인이 되지 않을 수도 있으니까.

언제나 나의 우선순위는

누구도 아닌 나 자신이어야 하니까.

내가 나의 타인이 되는 것만큼

슬픈 일은 없어야 하니까.

('어른이도 온기가 필요해 -P.176')

2-12.
거리

1. 독자와의 적당한 거리 유지

"독자와의 적당한 거리를 유지하며 글을 쓰기 위해 필요한 요소들은 무엇일까?"

이 질문을 스스로에게 던지며, 나는 독자와의 관계에 대해 깊이 생각해 보았다.

먼저, 글 속의 간접적인 세계와 현실의 직접적인 세계 사이에 괴리감이 들지 않도록 주의해야 한다. 지나친 친밀감은 우리가 문학 작품에서 경험하는 상상과 현실 사이의 차이를 무너뜨릴 수 있다. 객관적인 관찰자의 시각에서 서술하되, 때로는 서술자의 내적 관점을 드러내어 독자와의 친밀감을 형성하는 것도 좋은 방법이다.

그리고 앞에서 자주 언급되었듯이 **시점의 선택 또한 중요하다. 1인칭, 2인칭, 3인칭 시점을 다양하게 활용할 수 있으며, 각 시점에 따라 독자가 느끼는 거리감이 달라진다.** 나는 글의 주제와 목적에 따라 가장 적절한 시점을 선택하려고 노력한다.

예를 들어, 첫사랑의 설렘에 대한 글을 써도 시점에 따라 느낌이 달라질 수 있다.

1인칭 시점

나는 그를 처음 본 순간, 가슴이 뛰는 것을 느꼈다.

2인칭 시점

당신은 그를 처음 본 순간, 가슴이 뛰는 것을 느낀다.

3인칭 시점

그녀는 그를 처음 본 순간, 가슴이 뛰는 것을 느꼈다.

이처럼 **시점의 선택에 따라 독자가 느끼는 거리감과 몰입도는 달라진다.** 1인칭 시점은 독자가 주인공

의 감정과 경험을 직접 체험하는 듯한 생생함을 느끼게 하고, 2인칭 시점은 독자가 직접 이야기 속에 들어간 듯한 느낌을 주며, 3인칭 시점은 보다 객관적이고 넓은 시야에서 이야기를 바라볼 수 있게 한다.

내 경험과 상대방의 경험이 같다고 해서 느끼는 것까지 똑같을 수는 없다는 점을 인지할 줄도 알아야 한다. 나는 글을 쓸 때마다 나를 드러내는 것은 지나치지 않을 정도의 '적당한' 수준으로 유지하려고 노력한다.

자기계발서와 여행 에세이의 장점을 결합하는 것도 좋은 방법이다. "내가 당신에게 내가 아는 지식을 알려 줄게"라는 방식의 글쓰기와 생생한 경험과 감정을 공유하는 방식을 적절히 섞어 사용하면, 전문성과 친근함을 동시에 느낄 수 있다.

우리는 독자와의 적당한 거리를 유지하며 글을 쓸 수 있다. 너무 가까워지지도, 너무 멀어지지도 않으면서 서로의 리듬에 맞춰 움직이는 것이다.

2. 글 속에서의 친밀감 조절

"글 속에서 독자와의 친밀감을 적절히 조절하기 위해 필요한 요소들은 무엇일까?"

우선적으로, 문투가 중요하다고 생각한다. 상황과 대상에 따라 적절한 옷을 입듯이, 글의 목적과 독자층에 맞는 문투를 선택해야 한다. 나는 글을 쓸 때마다 독자에게 친밀감을 느끼게 하기 위해서 대화체, 설명체, 독백체 등 다양한 문투를 상황에 맞게 사용하려고 노력한다.

그렇기에 복잡한 내용을 단순하고 명확하게 표현하는 것도 중요하다. 복잡하게 보일 수 있는 내용을 간결하고 명확하게 전달하면 독자들이 더 쉽게 이해할 수 있을 뿐 아니라, 작가와 독자 간의 신뢰 또한 형성될 수 있다.

독자와의 친밀감을 위해서 내 경험을 공유하는 것도 효과적인 방법이다. 작가 자신의 경험을 공유함으로써 독자들과의 감정적인 연결고리를 만들 수 있다. 나는 글을 쓸 때마다 내 경험 중 독자와 공유할 만한 것을 선별하여 적절히 녹여내려고 노력한다. 그렇기에 공감이 될 만한 요소나 키워드를 적절히 사용하는 것도 중요하다. "나 또한 당신의 생각과 크게 다르지 않을 거예요"와 같은 표현을 사용하여 독자와의 연대감을 조성하는 것처럼.

작가는 독자와 자신의 관점을 공유하고 독자의 반응에 따라 적절한 반응을 보이며 독자의 리듬에 맞춰 움직이면서도 자신의 스텝을 잃지 않아야 한다. 나는 글을 쓸 때마다 독자의 반응을 예측하고 그에 맞는 적절한 반응을 준비하려고 노력한다.

이러한 방법들을 통해, 우리는 글 속에서 독자와의 친밀감을 적절히 조절할 수 있다. 친밀감은 마치 불과 같아서, 너무 가까이하면 뜨겁고 너무 멀리하면 차갑다. 적당한 거리를 유지하며 따뜻함을 전달하는 것, 그것이 바로 글 속에서의 친밀감 조절의 핵심이다.

2-13.

존중

1. 존중의 태도를 담은 글쓰기

글쓰기에 존중의 태도를 담으려면 다른 의견들에
대해 진지하게 경청하는 모습을 보여주는 것이 좋다.
상대방의 의사를 구하는 것도 하나의 방법이며 비판
적 내용을 전달할 때도 상대방의 감정과 입장을 고려
하는 것이 필요하다. 지나치게 직접적이거나 공격적
으로 표현하는 대신, 상대방의 관점에서 문제를 바라
보고 이해하려는 노력이 중요하다.

문화적 차이도 고려해야 한다. 각 문화마다 다양한
가치관, 행동 양식, 의사소통 방식 등이 존재한다. 나
는 글을 쓸 때마다 문화적 맥락에 맞는 글쓰기 스타
일을 사용하려고 노력한다.

존중의 태도에 있어서 공감과 배려가 깃든 글쓰기도 중요하다. 불특정 다수의 독자가 '읽는' 것이기에, 독자에게 공감을 일으키고 독자를 배려하는 글쓰기가 제일 좋은 글쓰기라고 생각한다. 그렇기에 객관성을 유지하는 것도 중요하다. 주관적인 면보다는 객관적인 면을 더욱 앞세우고, 논쟁적인 주제를 다룰 때 내가 주로 말하기보다는 상대방의 의견을 먼저 경청하는 모습을 보여주는 것이 중요하다.

이러한 방법들을 통해, 우리는 존중의 태도를 담은 글을 쓸 수 있다. 존중은 마치 향기로운 꽃과 같아서, 그 향기가 주변을 따뜻하게 만든다. 상대방의 의견과 감정, 문화적 배경을 존중하며 글을 쓰는 것, 그것이 바로 존중의 태도를 담은 글쓰기의 핵심이다.

최근, 갤러리에서 작품을 전시 중이기에 갤러리에 하루 상주하러 갔는데 엄마 나이대로 보이시는 분들이 내 그림을 한참을 꼼짝 않고 보고 계셨다. 그리고 다른 그림들도 둘러보고 다시 내 그림들 앞으로 오셔서 자신의 모습이 담기게 포즈를 취하고 그림과 함께 하나씩 사진을 찍으신 후 방명록에 메모를 남겨주시는 것을 보고 용기 내어 다가가서 "감사합니다."라고 한 마디를 건넸는데 작가 본인인 것을 아시고 깜짝 놀라셨다.

그리고는 내 손을 잡아 주시면서 "따뜻한 작품을 만들어주셔서 정말 고마워요."라고 해 주셨는데 그게 굉장히 내게는 큰 감동으로 와 닿았었다.

나이를 불문하고 작품만으로 존중 받을 수 있었던 계기였기에 **이 사례가 나에게는 존중의 태도를 담은 케이스였다.**

2. 상대방의 입장을 고려하는 법

상대방의 입장을 고려하는 글쓰기라면 나는 에세이나 수필 형식이 효과적이라고 생각한다. 자신의 경험이 녹아 든 글이기에 더욱 진솔하게 써 내려갈 수 있고, 독자들은 작가의 일상이나 인생철학을 들여다보며 공감대를 형성할 수 있기 때문이다. 나는 글을 쓸 때마다 나의 경험과 감정을 솔직하게 담아내려고 노력한다.

그리고 모두가 같은 생각을 가지고 공감할 순 없다는 것을 인정해야 한다. 서로 다른 의견을 존중하며 다양한 시각에서 문제를 바라보는 것이 필수인 것처럼, 나는 글을 쓸 때마다 중립적인 관점을 유지하려고 노력하는 편이다.

각 세대의 가치관과 관심사를 이해하고 공감하는 것도 중요하다. 특히 젊은 세대의 경우, 시각적인 것에 익숙하므로 이미지, 사진, 동영상 등 시각적 자료를 활용하는 것이 효과적이다. 나는 글을 쓸 때마다 각 세대의 특성을 고려하여 접근 방식을 달리하려고 노력한다.

그렇기에 각 세대의 특성을 고려하려면 글을 쓰기 전에 타겟 독자층을 구체적으로 정하는 것도 중요하다. 연령대나 관심사는 물론, 그 사회의 배경에 녹아 있는 사회적 가치관까지 고려하는 것이 필요하다.

상대방의 감정과 상황을 이해하고, 그들의 입장에서 생각하며 글을 쓰는 것, 그것이 바로 상대방의 입장을 고려하는 글쓰기의 핵심이다.

2-14.

경청

1. 경청의 중요성과 글쓰기의 적용

경청의 중요성과 글쓰기의 연관성에 대해 생각하면 할수록 그 둘의 관계가 더욱 긴밀하게 느껴진다. 경청은 단순히 귀로 듣는 것이 아니라, 마음으로 이해하는 과정이다. 나는 종종 글을 쓸 때 독자의 목소리를 상상한다. 그들이 어떤 질문을 할지, 어떤 부분에서 공감할지, 혹은 어떤 문장에서 눈썹을 찌푸릴지. 이런 상상의 과정은 마치 내면의 독자와 대화를 나누는 것과 같다.

경청은 단순히 듣는 것을 넘어서 이해하고 공감하는 것이다. 이는 글쓰기에서도 마찬가지다. 나는 내 글이 독자에게 어떻게 받아들여질지, 어떤 감정을 불러일으킬지 항상 고민한다. 이 과정은 때로는 힘들지만, 동시에 나를 성장시키는 소중한 경험이 된다.

높은 곳에서 뛰어내리기 직전의 그 짜릿함과 두려움이 공존하는 순간처럼, 글을 시작할 때의 감정도 이와 비슷하다. 하지만 경청의 자세로 임하면, 그 두려움은 조금씩 누그러진다. 왜냐하면 나는 혼자가 아니라는 것을 깨닫기 때문이다. 독자와 함께 이 여정을 떠나고 있다는 사실이 나에게 안정감을 준다.

경청은 또한 시간의 흐름을 따라가는 것과도 같다. 마치 강물이 자연스럽게 흘러가듯, 이야기도 그렇게 전개되어야 한다. 나는 종종 글을 쓸 때 시간의 순서를 따라가며 이야기를 풀어나간다. 이는 독자들이 내 글의 흐름을 자연스럽게 따라올 수 있게 해주며, 마치 우리가 함께 걸어가는 듯한 느낌을 준다.

마치 거울을 들고 상대방의 마음을 비추는 것과 같다. 단순히 듣는 것에 그치지 않고, 상대방의 입장을 진지하게 고려하며 그들의 감정을 이해하려고 노력하는 자세가 필요하다. 나는 글을 쓸 때마다 상대방의 감정과 입장을 깊이 고려하려고 노력한다.

경청의 힘은 토론의 장에서 더욱 빛을 발한다. 내가 경험한 토론의 순간들을 떠올려보면, 진정한 소통이 이루어지는 순간은 모두가 서로의 말에 귀 기울일 때였다. 이러한 경험을 글로 표현할 때, 나는 마치 독자들과 함께 그 토론의 현장에 있는 듯한 생동감을 느낄 수 있다.

이렇게 글을 쓰는 과정은 나에게 끊임없는 자기성찰의 기회를 제공한다. 나는 종종 내가 쓴 글을 다시 읽으며 스스로에게 질문을 던진다. "이 문장이 정말 내가 전하고자 하는 바를 잘 표현하고 있는가?", "독자는 이 부분에서 어떤 생각을 할까?" 이러한 질문들은 나를 더 나은 작가로 만들어주는 원동력이 된다.

결국, 경청과 글쓰기는 서로를 보완하는 관계라고 할 수 있다. 경청을 통해 우리는 더 깊이 있는 이해와 공감을 얻고, 이는 우리의 글을 더욱 풍성하게 만든다. 동시에 글쓰기는 우리가 더 나은 경청자가 되도록 도와준다.

나는 이 글을 쓰며, 독자 여러분과 함께 성장하고 있음을 느낀다. 우리의 대화가 계속되기를, 그리고 이 대화를 통해 서로가 더 나은 경청자이자 작가가 되기를 바라는 마음이다.

2. 독자의 목소리를 반영하는 글쓰기

나는 글을 쓸 때마다 마인드맵을 그리곤 한다. 중심에는 '독자'라는 단어를 적고, 그 주변으로 다양한 가지들을 뻗어나간다. '경험', '감정', '의견', '질문'... 이렇게 뻗어나간 가지들은 마치 독자의 다양한 목소리를 시각화한 것 같다. 이 과정에서 나는 독자와의 대화를 상상하며 글의 구조를 만들어간다.

글의 장르에 따라 독자의 목소리를 반영하는 방식도 달라진다. 산문이나 수필을 쓸 때는 마치 오래된 친구와 이야기를 나누듯 편안하게 글을 풀어나간다. "당신도 이런 경험이 있나요?"라고 물으며 독자의 공감을 이끌어내려 노력한다. 반면 논설문을 쓸 때는 독자의 의견을 객관적인 데이터로 뒷받침하며, 마치 함께 토론을 하는 듯한 느낌으로 글을 전개한다.

인터뷰하듯 대화하는 글쓰기 전략은 나에게 특별한 의미가 있다. 그것은 마치 독자와 함께 커피를 마시며 이야기를 나누는 것 같은 친근함을 준다. "어떻게 생각하세요?"라는 질문을 던지며, 독자가 자신의 생각을 정리할 수 있는 여유를 준다. 이런 방식은 독자를 단순한 수용자가 아닌 적극적인 참여자로 만든다.

나는 종종 설문 투표나 퀴즈를 글에 포함시키기도 한다. 이런 방식은 독자와 함께 즐기는 작은 게임과도 같다. "다음 중 당신의 생각과 가장 가까운 것은?"이라는 질문을 던지며, 독자가 자신의 의견을 표현할 수 있는 기회를 제공한다. 이런 참여형 콘텐츠는 글을 더욱 생동감 있게 만들어준다.

독서 모임을 상상하며 글을 쓰는 것도 독자의 목소리를 반영하는 좋은 방법이다. 마치 우리가 함께 원탁에 앉아 이야기를 나누는 듯한 분위기를 만들어낸다. "이 부분에 대해 어떻게 생각하시나요?"라고 물으며, 독자들 간의 토론을 유도한다. 이를 통해 더 깊이 있는 이해와 새로운 아이디어가 도출될 수 있다.

글쓰기는 나에게 끊임없는 자기성찰의 과정이기도 하다. 독자의 목소리를 반영하려 노력하면서, 나 자신의 목소리도 더욱 선명해짐을 느낀다. 결국, 독자의 목소리를 반영하는 글쓰기는 독자와의 끊임없는 대화이자 소통이다.

앞으로도 나는 독자의 목소리에 귀 기울이며 글을 쓸 것이다. 그들의 경험, 감정, 의견이 내 글 속에서 생생하게 살아 숨쉬기를 바란다. 그리고 이를 통해 독자와 나 사이에 더 깊고 의미 있는 소통이 이루어지기를 희망한다. 이제 내게 독자는 나의 가장 소중한 인생의 동반자이다.

2-15.

재미

1. 흥미로운 글쓰기 요소 추가하기

"글에 재미를 더한다는 것은 과연 무엇일까?"

나는 글을 쓸 때마다 독자들의 얼굴을 상상한다. 그들이 어떤 표정으로 내 글을 읽을지, 어떤 부분에서 미소 지을지, 혹은 어떤 문장에서 눈을 크게 뜰지. 이런 상상은 마치 내가 준비한 요리를 맛보는 손님들의 반응을 예측하는 것과도 같다.

비유와 은유는 내 글쓰기의 양념과도 같다. 어려운 수학 문제를 풀어나가는 과정을 "미로 속에서 출구를 찾아 헤매는 모험"으로 표현하면, 독자들은 그 복잡함과 혼란스러움을 더욱 생생하게 느낄 수 있다. 또는 사랑의 감정을 "봄날의 첫 벚꽃처럼 마음속에 피어오르는 것"으로 묘사하면, 그 섬세하고 아름다운 감정이 더욱 풍부하게 전달된다.

그리고 디저트로는 언어유희가 있다. 발음이 비슷한 단어들을 교묘하게 연결하거나, 예상치 못한 반전으로 웃음을 자아내는 것. 이는 마치 달콤한 디저트가 식사의 마지막을 장식하듯이 글 전체의 분위기를 밝고 경쾌하게 만들어준다.

그렇다면 어떻게 하면 독자들이 내 글을 더욱 맛있게 즐길 수 있을까?

나는 종종 전혀 예상치 못한 주제나 전개 방식을 도입한다. 독자의 예상을 뛰어넘는 참신한 아이디어나 급작스러운 사건 전개는 그들의 호기심을 자극하고, 다음 페이지를 급히 넘기게 만든다.

무뎌지는 아픔이라는 건 없어요,

내 마음이 더 아프지 않게
견뎌내고 참아낼 뿐인 거지.

아픔도, 아파할 줄 알아요.

('어른이도 온기가 필요해 -P.142')

이렇게 주인공의 성장 과정과 갈등, 모험을 그려내는 것도 내가 자주 사용하는 방법이다. 이는 마치 요리의 주 재료를 중심으로 다양한 맛과 향을 조화롭게 어우러지게 하는 것과 같다. 독자들은 주인공과 함께 웃고 울며, 그의 여정에 깊이 몰입하게 되기 때문이다.

반전 질문이나 미스터리한 질문을 던지는 것도 내가 즐겨 사용하는 기법이다. "평범한 일상에서 당신이 전혀 예상하지 못한 사건이 벌어진다면?" 혹은 "당신이 믿어 의심치 않던 진실이 실제로는 완전히 다르다면?" 이런 질문들은 마치 요리에 숨겨진 비밀 재료를 암시하는 것과 같아, 독자들의 상상력을 자극하고 이야기에 더욱 깊이 빠져들게 한다.

글쓰기는 나에게 끊임없는 실험의 과정이다. 매번 새로운 재료와 조리법을 시도하듯, 다양한 기법과 아이디어를 시도해 본다. 때로는 실패할 수도 있지만, 그 과정에서 나는 더 나은 작가로 성장해 간다. 결국, 흥미로운 글쓰기란 독자와의 끊임없는 대화이자 소통이다. 내가 준비한 요리를 맛보는 독자들의 반응을 상상하며, 그들의 입맛에 맞는 더 나은 요리를 만들어 가는 과정. 이 과정을 통해 나는 더 풍부하고 깊이 있는 글을 쓸 수 있게 되었음을 깨닫는다.

 앞으로도 나는 독자들에게 더욱 맛있는 글요리를 대접하기 위해 노력할 것이다. 그들이 내 글을 읽으며 웃고, 울고, 생각하고, 상상하기를. 그리고 마지막 페이지를 덮을 때는 마치 맛있는 식사를 마친 후의 만족감을 느끼기를 바란다. 재미 부분에 있어 글쓰기는 나의 요리이고, 독자는 내 음식을 맛있게 먹어줄 손님이다.

2. 독자의 관심을 끄는 방법

"나는 종종 글쓰기를 마법에 비유한다. 평범한 단어들을 조합해 독자의 마음을 사로잡는 주문을 만들어내는 과정. 그리고 마침내 그 주문으로 독자의 관심을 끌어당기는 그 순간의 설렘. 하지만 어떻게 하면 이 마법을 더욱 강력하게 만들 수 있을까?"

나는 글을 쓸 때마다 독자들의 눈빛을 상상한다. 그들이 어떤 표정으로 내 글에 빠져들지, 어떤 부분에서 눈을 빛낼지, 혹은 어떤 문장에서 고개를 끄덕일지. 이런 상상은 마치 내가 만든 주문이 사람들에게 어떤 영향을 미칠지 예측하는 것과도 같다.

첫 문장은 내 마법의 시작점이다. "당신의 인생을 바꿀 수 있는 비밀이 이 글의 마지막에 있습니다." 이렇게 글을 시작하면, 독자들은 마지막 문장까지 호기심을 안고 읽어 나가게 된다. 그렇다면 어떻게 하면 독자들이 내 마법에 더욱 깊이 빠져들 수 있을까?

나는 종종 자기계발서나 여행기의 형식을 빌린다. 이는 마치 독자에게 새로운 세계로의 여행 티켓을 건네는 것과 같다. "오늘부터 당신의 삶이 변화할 것입니다" 혹은 "지금부터 당신을 낯선 나라로 모시겠습니다" 라는 문장으로 시작하면, 독자들은 설렘과 기대를 안고 글을 읽어 나간다.

공감대 형성은 내 글쓰기의 핵심 주문이다. "당신도 이런 경험이 있나요?"라는 질문으로 시작하면, 독자들은 자신의 경험을 떠올리며 글에 더욱 몰입하게 된다. 이는 마치 독자와 나 사이에 보이지 않는 연결고리를 만드는 마법과도 같다.

호기심을 자극하는 것도 중요한 전략이다. "당신이 모르고 있던 놀라운 사실"이라는 문구로 시작하면, 독자들은 그 사실이 무엇인지 알고 싶어 글을 끝까지 읽게 된다. 마치 보물지도의 첫 번째 단서를 제시하는 것과 같아, 독자들이 끝까지 흥미진진하게 따라오게 만든다.

단순하고 명료한 언어 사용은 내 마법의 기본이다. 복잡한 주문 대신 간단하면서도 강력한 주문을 사용하는 것처럼, 일상적인 언어로 깊이 있는 메시지를 전달하려 노력한다. "오늘 당신의 하루는 어땠나요?"라는 질문으로 시작해 독자의 일상과 연결되는 이야기를 펼쳐 나가는 것이다.

또 하나의 키포인트는 독자의 경험담을 듣는 것인데, 이것은 마치 그들의 마음을 읽는 마법을 부리는 것과 같다. "당신의 이야기를 들려주세요" 라는 문장으로 시작하면, 독자들은 자신의 경험을 공유하며 글과 더욱 깊은 유대감을 형성하게 된다.

결국, 독자의 관심을 끄는 글쓰기란 독자와의 끊임없는 마법의 교감이다. 내가 만든 주문으로 독자들의 마음을 움직이고, 그들의 반응을 통해 더 나은 주문을 만들어가는 과정. 이 과정을 통해 나는 더 풍부하고 깊이 있는 마법을 부릴 수 있게 되었음을 깨닫는다.

앞으로도 나는 독자들의 마음을 사로잡는 더 강력한 마법을 만들어내기 위해 노력할 것이다. 그들이 내 글을 읽으며 웃고, 울고, 생각하고, 변화하기를. 그리고 마지막 페이지를 덮을 때는 마치 놀라운 마법을 경험한 후의 감동을 느끼기를 바란다.

2-16.

배려

1. 배려심을 담은 글쓰기

"배려심을 담은 글쓰기란 과연 무엇일까?"

나는 글을 쓸 때마다 독자들의 마음을 상상한다. 그들이 어떤 감정으로 내 글을 읽을지, 어떤 부분에서 위로를 받을지, 혹은 어떤 문장에서 공감의 눈물을 흘릴지. 이런 상상은 마치 내가 건네는 포옹이 독자들에게 어떤 영향을 미칠지 예측하는 것과도 같다.

포용적 언어 사용은 내 글쓰기의 기본이다. "외국에서 온 사람들", "장애가 있거나 남들보다 조금 더 아픈 사람"과 같은 표현을 사용할 때, 나는 마치 독자 한 명 한 명을 따뜻하게 안아주는 듯한 느낌을 받는다. 이는 상대방의 정체성을 존중하고 이해하려는 나의 마음을 전달하는 방법이다.

그렇다면 어떻게 하면 독자들이 내 글에서 더 큰 배려를 느낄 수 있을까?

나는 종종 '나'를 주어로 하는 화법을 사용한다. "나는 이렇게 생각해"라고 말하는 것은 내게 있어 독자에게 부드러운 손길을 내미는 것과 같다. 이를 통해 상대방을 직접적으로 비난하지 않고, 내 관점을 더욱 효과적으로 전달할 수 있기 때문이다.

긍정적인 말로 대화를 시작하는 것도 중요한 전략이다. "당신의 노력이 정말 대단해요"라는 말로 시작하면, 대화의 분위기가 부드러워지고 독자도 더 열린 마음으로 내 글을 읽게 된다.

비판적인 의견을 전달할 때도 배려심을 잃지 않으려 노력한다. "우리가 함께 개선할 수 있는 부분이 있을까요?"라고 묻는 것은 마치 독자의 손을 잡고 함께 걸어가자고 제안하는 것과 같다. 이는 상대방에게 개선의 기회를 제공하면서도 긍정적인 변화를 이끌어낼 수 있다. **글의 구조를 체계적으로 만드는 것도 독자를 배려하는 방법이다.** 제목, 문단, 문장을 명확하게 구성하는 것은 마치 독자에게 안전한 공간을 만들어주는 것과 같다. 이를 통해 독자는 혼란 없이 글의 내용을 이해할 수 있게 된다.

또한 복잡한 내용을 단순하게 설명하는 것도 중요하다. 이는 마치 독자의 손을 잡고 천천히 걸어가며 설명하는 것과 같다. "이것은 이렇고, 저것은 저래"라고 차근차근 설명하면, 독자는 더욱 쉽게 내용을 이해할 수 있다.

글쓰기는 나에게 끊임없는 배려의 연습 과정이다. 매번 새로운 포옹 방법을 시도하듯, 다양한 배려의 기법을 실험해 본다. 때로는 실패할 수도 있지만, 그 과정에서 나는 더 따뜻한 작가로 성장해 간다.

배려심을 담은 글쓰기란 독자와의 끊임없는 마음의 소통이다. 내가 건네는 따뜻한 포옹으로 독자들의 마음을 위로하고, 그들의 반응을 통해 더 나은 포용을 만들어가는 과정. 이 과정을 통해 나는 더 풍부하고 깊이 있는 배려를 할 수 있게 되었음을 깨닫는다.

앞으로도 나는 독자들의 마음을 더욱 따뜻하게 안아줄 수 있는 글을 쓰기 위해 노력할 것이다. 그들이 내 글을 읽으며 위로받고, 공감하고, 성장하기를. 그리고 마지막 페이지를 덮을 때는 마치 따뜻한 포옹을 받은 후의 편안함을 느끼기를 바란다.

2. 다른 사람을 배려하는 표현 기법

소설 "앵무새 죽이기"에는 이러한 내용이 있다.

"너는 다른 사람의 입장에서 생각해보기 전에는 그 사람을 정말 이해할 수 없단다. 그의 피부 속에 들어가서 걸어 다녀 보기 전까지는 말이지."

위의 대사처럼 우리가 타인의 입장을 완벽하게 이해할 순 없다고 생각한다. 그래서 나는 타인을 이해하고 독자를 배려하기 위해 부단히 애를 쓴다.

나는 종종 글쓰기를 따뜻한 담요에 비유한다. 단어들로 독자를 부드럽게 감싸안는 과정. 그리고 마침내 그 담요로 독자의 마음을 따뜻하게 하는 그 순간의 설렘. 하지만 어떻게 하면 이 담요를 더욱 따뜻하고 배려 깊게 만들 수 있을까?

그렇기에 글을 쓸 때마다 독자들의 감정을 상상한다. 그들이 어떤 마음으로 내 글을 읽을지, 어떤 부분에서 위로를 받을지, 혹은 어떤 문장에서 공감의 눈물을 흘릴지. 이런 상상은 마치 내가 만드는 담요가 독자들에게 어떤 따뜻함을 전할지 예측하는 것 과도 같다.

상대방의 감정을 이해하고 공감하는 표현은 내 글쓰기의 가장 중요한 부분이다. "그렇게 느끼셨군요. 저도 그 상황이 힘들었을 것 같아요." 라는 말은 마치 독자를 부드럽게 감싸 안는 담요의 첫 번째 올처럼 느껴진다. 이는 상대방의 감정을 인정하고 존중하는 나의 마음을 전달하는 방법이다.

그렇다면 어떻게 하면 독자들이 내 글에서 더 큰 배려를 느낄 수 있을까?

나는 종종 자기반성과 자아성찰의 과정을 글에 담는다. 이는 마치 담요에 내 마음의 무늬를 새기는 것과 같다. "나는 이런 상황에서 이렇게 느꼈어요. 여러분은 어떠셨나요?"라고 물으며, 독자와 함께 성장하는 과정을 공유한다. 이를 통해 독자는 자신의 경험을 돌아보고, 새로운 깨달음을 얻을 수 있다.

복잡한 지식을 전달할 때는 체계적인 구조를 만드는 것이 중요하다. 기승전결의 원리에 따라 글을 구성하면, 독자는 마치 따뜻한 담요에 몸을 감싸듯 자연스럽게 내용을 이해할 수 있다. "먼저 이것을 알아볼까요? 그 다음 이렇게 발전시켜 볼 수 있어요."라며 차근차근 설명하면, 독자는 복잡한 내용도 쉽게 따라올 수 있다.

다른 사람을 배려하는 표현 기법이란 내가 만드는 따뜻한 담요로 독자들의 마음을 위로하고, 그들의 반응을 통해 더 나은 담요를 만들어가는 과정. 이 과정을 통해 나는 더 풍부하고 깊이 있는 배려를 할 수 있게 되었음을 깨닫는다.

2-17.

치유

1. 치유의 글쓰기: 독자에게 위로와 희망 주기

나는 글을 쓸 때마다 독자들의 아픔을 상상한다. 그
들이 어떤 상처를 안고 내 글을 읽을지, 어떤 부분에서
위로를 받을지, 혹은 어떤 문장에서 희망의 빛을 발견
할지. 이런 상상은 마치 내가 만드는 햇살이 독자들의
마음에 어떤 온기를 전할지 예측하는 것과도 같다.

**긍정적이고 희망적인 메시지는 내 글쓰기의 가장
중요한 빛줄기다.** "당신은 충분히 강합니다. 이 시간
도 지나갈 거예요."라는 말은 마치 어둠 속에서 독자
를 따뜻하게 감싸안는 첫 번째 햇살 같다. 이는 독자
의 아픔을 인정하면서도 앞으로 나아갈 힘을 주는 나
의 마음을 전달하는 방법이다.

그렇다면 어떻게 하면 독자들이 내 글에서 더 큰 치유를 경험할 수 있을까?

나는 종종 나의 실제 경험과 극복 과정을 글에 담는다. 마치 햇살에 내 체온을 더하는 것, "나도 당신과 같은 아픔을 겪었어요. 그리고 이렇게 극복했죠."라고 말하며, 독자와 함께 성장하는 과정을 공유한다. 이를 통해 독자는 자신의 상황에 대해 새로운 시각을 얻고, 희망을 발견할 수 있다.

사람이 태어나 인생을 살면서 세 번의 시련을 겪는다는 말은 저와 관련이 없을 거라고 생각했습니다. 그러나 예고 없이 닥쳐온 시련은 바로 믿었던 주변 사람들의 외면이었고, 내 사람이라 믿었던 사람들의 등돌림 이었습니다. 남들은 평생 한 번 겪기도 힘든 일들이 한꺼번에 휘몰아친 바람에 부서져 가는 제 마음을 붙잡아 준 존재가 바로 내 가족이었습니다. 늘 그랬듯이 함께 아파해주고 저를 지켜 주려 애쓰는 모습에 저는 깊은 감동을 받았습니다.

저도 별 수 없었습니다. 모든 걸 다 내려놓고 싶어지니 비로소 보였습니다, 저를 소중히 아껴주는 존재들이 말이죠. 그동안의 익숙함에 저도 모르게 소중한 이들을 상처 주고 있었습니다. 있을 때 잘하자는 말을 되새기며 어제보다 오늘 더 나은 내일의 제가 되려 조금씩 나아갑니다. 모든 걸 내려놓았더니 그제야 보이더라고요, 가족이라는 별이.

('어른이도 온기가 필요해 -P.108')

일상의 소소한 기쁨을 포착하는 것도 중요한 치유의 방법이다. "오늘 아침, 길가에 핀 들꽃을 보며 미소 지었어요. 당신의 하루에도 이런 작은 행복이 가득하기를."이라고 말하면, 독자는 자신의 일상에서도 감사할 거리를 찾을 수 있게 된다.

그림을 그리듯 자유롭게 글을 쓰는 것도 나의 치유 기법 중 하나다. 생각나는 대로 종이에 끄적이고, 그것들을 퍼즐처럼 맞춰가며 하나의 이야기를 만들어 간다. "오늘은 '희망'이라는 단어를 중심으로 이야기

를 풀어볼까요?"라고 시작하면, 독자도 함께 희망을
그려 나가는 과정에 동참하게 된다.

**내면의 이야기를 꺼내 쓰는 것도 중요한 치유의 과
정이다.** 그렇기에 글쓰기는 나에게 끊임없는 치유의
연습 과정이다. 매번 새로운 햇살을 만들듯, 다양한
치유의 기법을 실험해 본다. 때로는 실패할 수도 있지
만, 그 과정에서 나는 더 따뜻한 작가로 성장해 간다.

2. 글을 통한 자기 치유 방법

나는 글을 쓸 때마다 내 마음의 상처를 들여다본다. 어떤 감정이 내 안에 자리 잡고 있는지, 어떤 생각이 나를 괴롭히는지, 혹은 어떤 희망이 나를 지탱하고 있는지. 이런 성찰은 마치 내가 가꾸는 정원의 토양을 살펴보는 것과도 같다.

감정을 표현하는 다양한 어휘는 내 글쓰기의 가장 중요한 씨앗이다. "오늘 나는 우울함이 아닌, 깊은 상실감을 느꼈어."라는 말은 내 감정을 더 정확히 이해하고, 그것을 다루는 방법을 찾는 첫 걸음이 된다.

그렇다면 어떻게 하면 글쓰기를 통해 더 깊은 자기 치유를 경험할 수 있을까?

나는 종종 나의 글쓰기를 거울 치료라고 생각한다. "오늘 나는 이런 감정을 느꼈어. 이것이 나에 대해 무엇을 말해주는 걸까?"라고 물으며, 나 자신을 객관적으로 바라보는 연습을 한다. 이를 통해 나는 내 감정의 흐름을 이해하고, 그것을 조절하는 방법을 배운다.

전문가의 조언을 글에 반영하는 것도 중요한 치유의 방법이다. "상담사님께서 이렇게 말씀해 주셨어. 나는 이것을 어떻게 받아들일 수 있을까?"라며 시작하면, 나는 더 건강한 방향으로 성장할 수 있는 길을 찾게 된다.

다양한 방법들 중에서도 내게 유독 자기치유가 되는 글쓰기 방법은 '감사 일기'와 '긍정적인 목록 만들기' 이다. "오늘 감사한 일은 무엇일까? 내가 좋아하는 것, 잘하는 것은 무엇일까?"라며 나의 강점과 행복을 찾아 나간다.

나는 종종 현재의 나에게 편지를 쓴다. "너는 충분히 잘하고 있어. 앞으로도 잘할 거야."라는 말로 스스로 나 자신을 격려하고 위로하며 자기 치유를 한다.

매일 새로운 꽃을 피우듯, 다양한 치유의 기법을 실험해 본다. 때로는 실패할 수도 있지만, 그 과정에서 나는 더 강하고 아름다운 사람으로 성장해 간다.

결국, 글을 통한 자기 치유란 나와의 끊임없는 대화이자 사랑의 실천이다. 내가 가꾸는 마음의 정원에서 아름다운 꽃을 피우고, 그 향기로 나 자신을 위로하고 치유하는 과정. 이 과정을 통해 나는 더 풍부하고 깊이 있는 삶을 살 수 있게 되었음을 깨닫는다.

앞으로도 나는 내 마음의 정원을 더욱 아름답게 가꾸기 위해 노력할 것이다. 그 정원에서 피어난 꽃들이 나를 치유하고, 나아가 다른 이들에게도 위로와 희망이 되기를.

2-18.

신뢰

1. 신뢰를 쌓는 글쓰기 방법

나는 종종 글쓰기를 신뢰의 다리를 놓는 작업에 비유한다. 단어와 문장으로 독자와 나 사이에 견고한 다리를 만들어가는 과정. 그리고 마침내 그 다리를 통해 독자의 마음에 도달하는 그 순간의 설렘. 하지만 어떻게 하면 이 다리를 더욱 튼튼하고 신뢰할 수 있게 만들 수 있을까?

글을 쓸 때마다 독자들의 신뢰를 상상한다. 그들이 어떤 마음으로 내 글을 읽을지, 어떤 부분에서 믿음을 가질지, 혹은 어떤 문장에서 의구심을 품을지. 이런 상상은 마치 내가 만드는 다리가 독자들에게 어떤 안정감을 줄지 예측하는 것과도 같다.

신뢰할 수 있는 출처를 제시하는 것은 내 글쓰기의 가장 중요한 기둥이다. "이 정보는 ○○ 연구소의 최근 보고서에 따르면..."이라는 말은 마치 다리의 기초를 단단하게 다지는 것과 같다. 이는 내 주장에 힘을 실어주고, 독자가 안심하고 내 글을 받아들일 수 있게 한다.

그렇다면 어떻게 하면 독자들이 내 글에서 더 큰 신뢰를 느낄 수 있을까?

그 방법 중에 하나는 일관된 글쓰기 스타일을 유지하는 것이다. 이는 마치 다리의 디자인을 일관되게 유지하는 것과 같다. "이 글은 내가 쓴 거구나"라고 독자가 단번에 알아볼 수 있도록, 나만의 특유한 '목소리'를 개발하고 유지한다. 이를 통해 독자와의 친밀감을 쌓고, 나의 '브랜드'를 형성한다.

경험을 생생하게 묘사하는 것도 나의 글쓰기 기법 중 하나다. 감각적인 묘사는 독자가 마치 그 경험을 직접 한 것처럼 느끼게 한다. 작가에게 있어 마감일을 지키고 일정한 루틴을 유지하는 것만큼 중요한 것도 없다. "매주 월요일 아침, 새로운 글을 발행합니다"는 약속을 지키는 것은 독자와의 신뢰를 매우 굳건히 한다.

신뢰를 쌓는 글쓰기란 독자와의 끊임없는 소통이자 약속의 실천이다. 내가 놓은 신뢰의 다리로 독자들의 마음에 도달하고, 그들의 반응을 통해 더 견고한 다리를 만들어가는 과정.

이 과정을 통해 나는 더 풍부하고 깊이 있는 글을 쓸 수 있게 되었음을 깨닫는다.

2. 신뢰감 형성을 위한 진솔한 글쓰기

친구와 편안하게 대화하는 듯한 톤은 내 글쓰기의 가장 중요한 요소다.

"있잖아, 나도 그런 적 있어"라는 말은 마치 창문을 활짝 열고 독자를 초대하는 것과 같다. 이는 독자와의 거리를 좁히고, 더 깊은 신뢰를 쌓는 첫걸음이 된다.

그렇다면 어떻게 하면 독자들이 내 글에서 더 큰 진솔함을 느낄 수 있을까?

나는 종종 나의 실제 경험과 감정을 솔직하게 털어놓는다. 이는 마치 창문의 먼지를 하나하나 털어내는 것과 같다. "나도 그때 정말 힘들었어. 하지만 이렇게 극복했지"라고 말하며, 나의 취약한 모습까지도 독자와 공유한다. 이를 통해 독자는 나의 진정성을 느끼고, 더 깊은 공감을 할 수 있게 된다.

그래서 선입견 없이 '사실' 위주로 글을 쓰는 것도 중요한 전략이다. 이는 마치 창문에 묻은 기름때를 꼼

꼼히 닦아내는 것과 같다. "이 사건에 대해 여러 가지 의견이 있지만, 먼저 객관적 사실을 살펴보자"와 같은 접근은 독자에게 신뢰를 준다.

상황과 타이밍을 고려하는 것도 나의 글쓰기 기법 중 하나다. 이는 마치 적절한 시기에 창문을 열어 신선한 공기를 들이는 것과 같다. "지금 이 말이 당신에게 필요할지 모르겠지만..."이라고 시작하면, 독자는 내가 그들의 상황을 고려하고 있다고 느낄 수 있다.

독자의 관심사를 파악하고 반영하는 것도 중요하다. "여러분이 궁금해하시는 이 부분에 대해 더 자세히 알아볼까요?"라고 말하며, 독자의 니즈에 맞춘 내용을 제공한다.

또한 나의 성장 과정과 극복 경험을 공유하는 것도 진솔한 글쓰기의 핵심이다. "나도 수많은 실패를 겪었어. 하지만 그 과정에서 이런 것을 배웠지"라고 말하며, 나의 진짜 모습을 독자에게 보여준다.

글쓰기는 나에게 끊임없는 자기 성찰과 소통의 과정이다. 때로는 실패할 수도 있지만, 그 과정에서 나는 더 진실된 작가로 성장해 간다.

시간

1. 시간을 주제로 한 공감 글쓰기

시간은 다양한 작품에서 다루는 소재이다. '벤자민 버튼의 시간은 거꾸로 간다', 나 '인터스텔라' 등의 영화 작품처럼 타임슬립은 드라마나 웹소설의 단골소재이다.

나는 글을 쓸 때마다 시간의 흐름 속에서 우리의 모습을 상상한다. 우리가 어떤 순간에 시간이 빠르게 흐르는 것을 느끼는지, 어떤 순간에 시간이 멈춘 것 같은 느낌을 받는지. 이런 상상은 마치 모래시계의 모래알이 때로는 빠르게, 때로는 천천히 떨어지는 것을 지켜보는 것과도 같다.

시간의 상대성은 내 글쓰기의 가장 중요한 주제다.
"재미있는 영화를 볼 때는 2시간이 순식간에 지나가

버리지만, 치과 의자에 앉아 있는 10분은 마치 1시간처럼 느껴지지 않나요?"라는 말은 마치 모래시계의 좁은 목을 통과하는 모래알의 속도가 변하는 것을 관찰하는 것과 같다. 이는 우리 모두가 경험하는 시간의 주관적 흐름을 표현하는 방법이 된다.

어떻게 하면 독자들이 내 글에서 시간에 대하여 더 깊은 공감을 느낄 수 있을까?

나는 종종 관찰자의 관점에 따른 시간의 변화를 탐구한다. "같은 순간이라도 20대의 나와 50대의 나는 그 의미를 다르게 느낄 거예요. 당신은 어떠신가요?"라고 물으며, 시간에 대한 다양한 해석을 독자와 함께 나눈다.

일상 속 작은 순간들에 주목하는 것도 나의 글쓰기 기법 중 하나다. "오늘 아침, 창밖으로 보이는 나무의 잎사귀가 조금 더 커진 것을 발견했어요. 시간은 이렇게 조용히 흐르고 있었네요."라고 말하며, 일상 속 시간의 흐름을 섬세하게 포착한다.

또한 시간을 지키는 것의 중요성도 자주 언급한다. "10분의 지각이 상대방에게는 얼마나 큰 실망을 안겨 줄 수 있는지 생각해 보셨나요?"라고 물으며, 시간 관리의 중요성을 강조한다.

한 사람의 일생을 통해 시간을 표현하는 것도 좋아한다. 이는 마치 여러 개의 모래시계를 이어놓은 것과 같다. "갓 태어난 아기의 시간, 사춘기 소년의 시간, 중년의 시간, 노년의 시간. 각각의 시간이 어떻게 다르게 흐르는 것 같나요?"라고 물으며, 인생의 각 단계에서 느끼는 시간의 흐름을 탐구한다.

이렇듯 글쓰기는 나에게 끊임없는 시간과의 대화다. 매번 새로운 모래시계를 들여다보듯, 시간에 대한 새로운 통찰을 찾아 글로 표현한다.

어쩌면 우리가 시간 속에서 살고, 이 시간을 거스를 수 없다는 제약이 우리가 더욱 시간에 집착하도록 만드는지도 모르겠다.

2. 시간의 흐름과 변화 다루기

세대 간 시간 인식의 차이. "할아버지에게 1년은 순식간이지만, 손주에게 1년은 영원과도 같아요. 당신은 어떠신가요?"라는 말은 마치 강물의 다른 지점에서 물살의 속도를 느끼는 것과 같다. 이는 우리 모두가 경험하는 시간의 주관적 흐름을 표현하는 방법이 된다.

개인의 성장 과정을 통해 시간을 표현하는 것, 이는 마치 강물을 따라 흘러가는 한 방울의 물이 겪는 여정을 그리는 것과 같다. "유년기의 천진난만함, 청년기의 열정, 중년의 책임감, 노년의 지혜... 우리는 어떻게 이 모든 단계를 거쳐왔을까요?"라고 묻는다.

글쓰기는 나에게 끊임없는 시간 여행이다. 매번 새로운 강줄기를 발견하듯, 시간의 흐름과 변화에 대한 새로운 통찰을 찾아 글로 표현한다. 때로는 격류에 휩쓸리기도 하지만, 그 과정에서 나는 시간의 본질을 더 깊이 이해하는 작가로 성장해 간다.

시간의 흐름과 변화를 다루는 글쓰기란 독자와 함께 시간을 여행하는 것이다. 내가 관찰한 시간의 풍경을 독자와 공유하고, 그들의 경험을 통해 더 풍부한 시간의 모습을 그려가는 과정. 이 과정을 통해 나는 더 깊고 의미 있는 글을 쓸 수 있게 되었음을 깨닫는다.

앞으로도 나는 시간의 흐름과 변화를 더욱 다채롭게 표현할 수 있는 글을 쓰기 위해 노력할 것이다. 독자들이 내 글을 읽으며 자신의 시간 여행을 돌아보고, 그 의미를 새롭게 발견하기를, 그리고 마지막 문장을 읽을 때는 마치 긴 강물 여행을 마치고 바다에 도달한 듯한 깨달음을 얻기를 바라는 마음이다.

2-20.

꿈

1. 꿈과 목표를 주제로 한 글쓰기

꿈은 씨앗과도 같다. 우리 마음속 깊이 심어진 작은 씨앗이 자라나 거대한 나무가 되는 과정. 그리고 마침 내 그 나무가 열매를 맺어 우리의 삶을 풍요롭게 하는 그 순간의 경이로움. 어떻게 하면 이 꿈의 씨앗을 더욱 생생하게 표현할 수 있을까?

나는 글을 쓸 때마다 내 마음속 꿈의 씨앗을 살펴본다. 그 씨앗이 어떤 모양인지, 어떤 향기를 품고 있는지, 어떤 꽃을 피울지. 이런 상상은 마치 작은 씨앗 하나에 담긴 무한한 가능성을 들여다보는 것과도 같다.

꿈을 기록하는 것은 내 글쓰기의 시작점이다. "오늘 밤 꾼 꿈은 마치 색색의 나비들이 날아다니는 정원 같았어. 그 나비들은 내 마음속 어떤 소망을 상징하는 걸까?" 이렇게 시작하면, 꿈의 이미지를 생생하게 붙잡을 수 있다. 이는 우리의 무의식 속 깊이 심어진 꿈의 씨앗을 발견하는 과정이 된다.

그렇다면 어떻게 하면 독자들이 내 글에서 꿈과 목표에 대한 더 깊은 공감을 느낄 수 있을까?

나는 종종 주인공의 성장 과정을 통해 꿈의 실현 과정을 그린다. "그녀는 수많은 실패를 겪었지만, 매번 일어설 때마다 조금씩 더 강해졌어. 당신의 꿈을 향한 여정은 어떤가요?"라고 물으며, 꿈을 향한 도전과 성장의 과정을 독자와 함께 나눈다. 현실적인 목표 설정의 중요성도 자주 언급한다." 너무 높은 목표는 좌절감을 줄 수 있어요. 하지만 너무 낮으면 성취감이 부족하죠. 당신만의 '꼭 맞는' 목표는 무엇인가요?"라고 물으며, 독자가 자신에게 맞는 꿈을 찾도록 돕는다.

성공 사례를 공유하는 것도 좋아한다. "그들도 처음에는 작은 씨앗에 불과했어요. 하지만 끊임없는 노력으로 지금의 자리에 오르게 되었죠. 당신의 씨앗은 어떤 열매를 맺게 될까요?"라고 물으며, 독자에게 희망과 용기를 전한다.

글쓰기는 나에게 끊임없는 꿈의 탐험이다. 매번 새로운 씨앗을 발견하고 심듯, 꿈과 목표에 대한 새로운 통찰을 찾아 글로 표현한다. 때로는 가뭄을 겪기도 하지만, 그 과정에서 나는 더 강인한 꿈의 나무를 키우는 작가로 성장해 간다.

내게 꿈과 목표를 주제로 한 글쓰기란 독자와 함께 꿈의 정원을 가꾸는 것이다. 내가 심은 꿈의 씨앗을 독자와 공유하고, 그들의 꿈과 함께 더 풍성한 정원을 만들어가는 과정. 이 과정을 통해 나는 더 깊고 의미 있는 글을 쓸 수 있게 되었음을 깨닫는다.

앞으로도 나는 꿈과 목표를 더욱 다채롭게 표현할 수 있는 글을 쓰기 위해 노력할 것이다. 독자들이 내 글을 읽으며 자신의 꿈을 돌아보고, 그 의미를 새롭게 발견하기를. 그리고 마지막 문장을 읽을 때는 마치 자신만의 아름다운 꿈의 나무를 발견한 듯한 깨달음을 얻기를 바란다. 글쓰기는 나에게 끝없는 꿈의 정원 가꾸기이며, 이 여정에서 독자는 나의 가장 소중한 정원사 동료이다.

2. 꿈을 통해 독자와의 공감대 형성

"꿈을 통해 독자와 공감을 형성한다는 것은 과연 무엇일까?"

나는 글을 쓸 때마다 내 마음 속 꿈의 별들을 살펴본다. 어떤 별이 가장 밝게 빛나는지, 어떤 별들이 서로 이어져 있는지, 어떤 모양의 별자리를 만들고 있는지. 이런 상상은 마치 내 영혼의 밤하늘을 탐험하는 것과도 같다.

인간의 기본적 욕구와 꿈을 연결하는 것은 내 글쓰기의 중요한 테마다. "당신의 생존을 위한 별, 안전을 위한 별, 사랑을 위한 별, 존중받기 위한 별, 그리고 자아실현을 위한 별. 이 별들은 당신의 하늘에서 어떤 모양으로 빛나고 있나요?"라고 물으며, 독자들이 자신의 꿈을 더 깊이 이해할 수 있도록 돕는다.

그렇다면 어떻게 하면 독자들이 내 글에서 꿈에 대한 더 깊은 공감을 느낄 수 있을까?

나는 종종 좌절과 실패의 경험을 공유한다. 이는 마치 유성우가 지나가는 것을 보는 것과 같다. "때로는 우리의 꿈이 순식간에 사라지는 것 같아 보여도, 그 빛나는 순간이 우리에게 희망을 줍니다. 당신도 이런 경험이 있나요?"라고 물으며, 꿈을 향한 여정의 어려움과 그것을 극복하는 과정을 나눈다.

개인의 경험을 존중하고 평등한 기회를 강조하는 것도 중요하다. 이는 마치 모든 별이 똑같이 중요하다고 말하는 것과 같다. "당신의 별자리는 오직 당신만의 것입니다. 그 누구의 것과도 비교할 수 없죠. 당신의 꿈을 향한 여정은 어떤 모습인가요?"라고 묻는다.

기술 중심이 아닌 사람 중심의 관점에서 꿈을 바라보는 것은 맨눈으로 별을 보는 것과 같다. "인공지능이 그려주는 꿈의 모습이 아니라, 당신의 마음이 그리는 꿈의 모습은 어떤가요?"라고 물으며, 인간 본연의 꿈에 대해 생각해 보게 한다.

글쓰기 자체를 하나의 행동으로 인식한다. "이 글을 쓰는 지금, 나는 내 꿈과 대화하고 있어요. 당신도 함께 해보시겠어요?"라고 제안하며, 독자가 자신의 꿈에 대해 글을 쓰도록 격려한다.

글쓰기는 나에게 끊임없는 꿈의 탐험이자 공감의 여행이다. 매번 새로운 별을 발견하고 새로운 별자리를 그리듯, 꿈에 대한 새로운 통찰을 찾아 글로 표현한다. 때로는 흐린 밤하늘을 만나기도 하지만, 그 과정에서 나는 더 깊이 공감하는 작가로 성장해 간다.

꿈을 통해 독자와 공감을 형성하는 글쓰기란 함께 밤하늘을 올려다보며 별자리를 찾는 것과 같다. 내가 발견한 꿈의 별들을 독자와 공유하고, 그들의 별자리를 함께 그려가는 과정. 이 과정을 통해 나는 더 깊고 의미 있는 글을 쓸 수 있게 되었음을 깨닫는다.

나는 꿈을 통해 더욱 깊은 공감을 형성할 수 있는 글을 쓰기 위해 노력할 것이다. 독자들이 내 글을 읽으며 자신의 꿈을 돌아보고, 그 의미를 새롭게 발견하기를. 그리고 마지막 문장을 읽을 때는 마치 자신만의 아름다운 별자리를 완성한 듯한 깨달음을 얻기를 바란다.

공감과 감성으로 나만의 브랜드를 완성하다

공감 브랜딩의 핵심은 '소통'에 있습니다.

나의 진솔한 이야기가 누군가의 마음에 닿을 때, 그때 나는 '브랜드'가 됩니다. 일기장에 끄적이던 소소한 일상의 기록들이, 에세이라는 이름으로 세상에 나와 많은 이들의 공감을 얻을 때, 나는 작가라는 이름이 생깁니다.

일상을 특별하게 만드는 방법, 감정을 진솔하게 표현하는 법, 그리고 독자의 마음에 와닿는 글을 쓰는 기술. 이 모든 것들이 모여 나만의 독특한 브랜드를 만들어냅니다. 내가 쓴 글은 이제 단순한 문자의 나열이 아닙니다. 그것은 독자가 함께하는 우리의 감정이고, 경험이며, 나아가 우리 자신입니다.

공감 글쓰기는 작가와 독자를 함께 성장시킵니다. 타인의 시선으로 세상을 바라보는 법을 배웠고, 나의 이야기가 누군가에게는 위로와 용기가 될 수 있다는 것을 알게 되었습니다. 우리는 글을 통해 서로를 이해하고, 서로의 아픔을 어루만지며, 함께 웃고 울 수 있게 되어 갑니다.

나는 알고 있습니다. 브랜딩이란 결국 '나다움'을 찾아가는 것이라는 걸. 완벽한 글을 쓰는 것보다 중요한 것은 진실된 나의 모습을 글에 담아내는 것임을. 그리고 그 진실된 모습이 누군가의 마음에 닿을 때, 나는 온전한 '공감' 브랜드가 됩니다.

공감 브랜딩은 끝이 없습니다. 계속해서 성장하고, 새로운 이야기를 만들어낼 것입니다. 그 과정에서 우리는 더 깊이 세상을 이해하고, 더 넓게 사람들과 소통하게 될 것입니다. 그리고 그렇게 써 내려간 나의 이야기가 누군가에게 영감이 되고, 위로가 되며, 변화의 계기가 될 때, 작가와 독자는 우리라는 이름으로 함께 '공감' 브랜드가 되어 있을 것입니다.

이제 당신만의 이야기를 세상에 들려줄 준비가 되었나요?

자, 이제 당신의 이야기를 들려주세요. 당신만의 공감 브랜딩을. 당신의 일상, 당신의 감정, 그리고 당신의 생각들. 그 모든 것이 누군가에게는 특별한 선물이 될 수 있습니다. 당신만의 독특한 시선으로 세상을 바라보고, 글로 표현해 보세요. 그렇게 써 내려간 한 줄 한 줄이 모여 당신만의 브랜드를 만들어갈 것입니다.

이 책을 읽은 당신의 글이 누군가의 마음에
공감으로 다가가길 바라며 이 책을 마칩니다.

치키작가 이력

- 작가/예술가/디렉터

소속

-포레스트 웨일 출판사 작가/ 운영진

-작가와 출판사 운영진/ 꼬꼬무북토크 진행작가

-김해 도슨트갤러리 운영진

-현대백화점 디큐브시티점 전시기획 담당

-그림팀 <아임그리다> 운영자

단체

2016. 불과얼음 뮤지컬창작아카데미 작가과정 수료

단막 창작뮤지컬 '거울속의 연인' 단독 시나리오/작사

2023.12. 빈칸 압구정 '일러닷' 단체전

2024.01. 김해 도슨트갤러리 '설빔' 단체전

2024.02. 김해한글박물관에 'CHIKI'S BLUE' 전시

2024.03. 김해 도슨트갤러리 '사랑고백'

재형작가 콜라보 전시+작가와 출판사 콜라보 글 전시

2024.03. 성신여대 vvs뮤지엄 '원더랜드' 단체전

2024.05 김해 도슨트갤러리 아트기부마켓

2024.06-7 구캔갤러리 <캔버스 내러티브> 단체전

2024.06 김해 아트페어

2024.07 창원 국제아트페어 / 작품 완판작가 데뷔

2024.09 대구 국제아트페어

2024. 12 부산 코코앤켈리 <그림 같은 선물> 단체전

2024.12 혜화아트센터 <소담한 선물전> 단체전

2025.01 갤러리5 <새해전>

2025.02 이재형 개인전 <리:비기닝> 전시 참여

2025.02 부산 파라다이스 호텔 블루국제아트페어 전시

2025.03 각양각책 북페어 상주 작가

2025.03 빈칸 압구정 <봄의 움직임> 치키 사진전시

2025.03 여의도역 Tp타워 미디어아트 송출 사진영상 전시

2025.04 라이트갤러리 <헤쳐모여10>전시

2025.05 일본 후쿠오카아시아미술관 전시

2025.06 혜화아트센터 프랑스 전시

2025.08 서울 학여울 뱅크아트페어 - 갤러리 '로' 참여

개인

2024.01-04. 영화 '석희' 포스터 / 현장스케치 / 소품디자인

2024.09 구캔갤러리 <청춘,한 잔> 초대 개인전

2024.09-10 신도림 현대백화점 디큐브시티

　　　　　<청춘,한 잔> 초대 개인전

2024.09-11 서울 연남동 브래디스카페 갤러리

　　　　　<청춘,한 잔> 초대 개인전

2024.11 <어른이도 온기가 필요해> 단독 북콘서트 / 북토크

2024.11-12 남양주 미호박물관 <청춘:밤> 초대 개인전

2025.02 영화 <석희> 포스터 작가로 한국영상진흥원

　　　　　영화 시사회 리셉션 진행

2025.03 <설렘을 안고 손 편지를 부칩니다>

　　　　　포레스트웨일 출판사 공동집필집 표지

2025.04 <공감도 브랜딩이 되나요> 실용서 출간

2025.06 신도림 디큐브시티 현대백화점 초대 개인전

2025.08 김해 도슨트갤러리 초대 개인전

2025.08 부산 벡스코 북앤콘텐츠페어 개인 부스

　　　　　<CHIKI> + 그림팀 <아임그리다> 부스 기획

단독기획

2025.01 명동 붐박스 pub <아날로그 웨이브>

아임그리다 단체전시/ 기획

2025.02 도슨트갤러리 <발렌타인> 단체전 기획, 전시

2025.03 부산 광안리 런던샷 색소폰 공연 기획

2025.03 부산 해운대 코코앤켈리 <바람을 머금다> 글 전시

2025.04 신도림 현대백화점 디큐브시티 <세렌디피티> 기획

MITA ESSAY @captain.son

상어를 그리는 '미타'입니다. 미디어가 심어준 상어에 대한 부정적인 이미지를 그림을 통해 긍정적으로 표현하고 있습니다. '상어는 무섭지 않아요.' 이제는 상어를 보호해야할 때입니다.

바다에서 가장 강해보이는 상어는 사실 부레가 없어 물에 떠내려가지 않기 위해 평생 헤엄치며 살아갑니다. 이 모습은 마치 현대 사회 속에서 살아남기 위해 열심히 살아가는 우리 현대인의 모습으로 '공감' 되어 상어를 좋아합니다.

- 전시 이력

· 개인전 및 초대전 다수(서울, 부산, 경기 등)
· 단체전 및 기획전 다수(서울, 부산, 경기, 대구, 창원, 등)
· 아트 페어 참여 다수(BAMA, Diaf, Uiaf, Giaf, Art Festa, 등)

- 특이 이력

· 전통주 라벨 작업

· 관광매거진 표지 작업

· 한·영수교 기념 연극 작품 제공

· BFAA KNN 광고 영상 작품 출연

· KBS '문화스캐치', 작품 출연

· MBC '생방송 브라보' 작품 출연

· '부산일보', '연합뉴스' 등 언론보도 다수

· 롯데백화점 김포공항점 파사드 광고 그림 제공

공감도 브랜딩이 되나요

초판 1쇄 발행 2025년 4월 21일
초판 1쇄 인쇄 2025년 4월 21일

지은이   치키(CHIKI)

표지 그림   미타 @captain.son
디자인   포레스트 웨일
펴낸이   포레스트 웨일
펴낸곳   포레스트 웨일
출판등록   제2021 - 000014 호
주소   충청남도 아산시 탕정면 용머리길 40 유니콘101 216호
전자우편   forestwhalepublish@naver.com

종이책   979-11-94741-11-4